ACTE IV, SCÈNE VIII.

MARIA PADILLA,

TRAGÉDIE EN CINQ ACTES,

Par M. Ancelot,

REPRÉSENTÉE POUR LA PREMIÈRE FOIS, A PARIS, SUR LE THÉATRE FRANÇAIS, LE 29 OCTOBRE 1838.

PERSONNAGES.	*ACTEURS.*
DON PÈDRE, roi de Castille et de Léon	M. GEFFROY.
DON RUY DE PADILLA, vieux gentilhomme Castillan	M. LIGIER.
ALBUQUERQUE, premier ministre de don Pèdre	M. COLSON.
DON LUIS D'AGUILAR, gendre de don Ruy de Padilla	M. MARIUS.
DON JOSÉ DE CERDA, jeunes gentilshommes de la cour.	M. MIRECOURT.
DON JUAN DE PRADO, jeunes gentilshommes de la cour.	M. FONTA.
D. BALTAZAR DE SILVA, jeunes gentilshommes de la cour.	M. BERTON.
DON DIEGO, parent de don Ruy de Padilla	M. LEROY.
L'ARCHEVÊQUE DE TOLÈDE	M. BRÉVANNE.
1er HOMME DU PEUPLE	M. MONTLAUR.
2me HOMME DU PEUPLE	M. MATHIEU.
3me HOMME DU PEUPLE	M. FAURE.
PEREZ, gentilhomme attaché à Albuquerque	M. BAUNE.
UN PAGE	M. ALEXANDRE.
MARIA PADILLA, fille de don Ruy de Padilla	Mme LÉONTINE V
JUANA, sa sœur, fiancée, puis femme de don Luis	Mlle RABUT.
FELIPA, nourrice de Maria	Mme THÉNARD.

COURTISANS, FEMMES DE LA COUR, PAGES, SOLDATS, HOMMES ET FEMMES DU PEUPLE.

La scène se passe en Castille, en 1352.

ACTE PREMIER.

Le théâtre représente une salle du château de Don Ruy de Padilla. — Porte au fond, portes latérales. — Une table de chaque côté.

SCENE PREMIERE.

MARIA, DON LUIS, JUANA, FELIPA.

Au lever du rideau, Maria, Juana et Felipa sont assises et occupées d'ouvrages de femmes; Don Luis est debout entre Maria et Juana.

MARIA.

Il faudra donc nous rendre aux vœux de notre père?

DON LUIS.

Sa lettre m'a promis le bonheur, et j'espère.

MARIA.

Don Luis, depuis hier, a fait mieux qu'espérer.

DON LUIS.

Pour l'hymen qu'il prescrit j'ai dû tout préparer

NOTA. Les personnages placés en tête des scènes comme ils doivent l'être au théâtre : le premier occupe la droite de l'acteur.

9/4

MARIA.

Relisez-nous encor les ordres qu'il nous donne.

DON LUIS, *tendrement.*

Juana sans regret fera ce qu'il ordonne?

JUANA.

Obéir à son père est un devoir si doux!

MARIA.

Surtout quand il envoie un jeune et noble époux.

JUANA.

Méchante!

FELIPA.

Maria, soyez plus généreuse :
Regardez votre sœur, vous la rendez honteuse.

MARIA.

Pourquoi rougir? don Luis mérite son amour!
Je ne rougirai pas, moi, quand viendra mon tour.

JUANA, *souriant et mystérieusement.*

Et ce moment peut-être est plus près qu'on ne pense.

DON LUIS.

De ma tendresse enfin j'obtiens la récompense;
Le voilà cet écrit qui comble mon espoir.

MARIA, *souriant.*

Et qui dicte à ma sœur un si cruel devoir.
Lisez, nous écoutons.

DON LUIS, *lisant.*

« Depuis plus d'une année,
» A don Luis d'Aguilar ma parole est donnée;
» De Juana qu'il devienne l'époux :
» Dans les jours désastreux qui se lèvent pour nous,
» Lorsque don Pèdre monte au trône de Castille,
» Et qu'un devoir sacré m'enlève à ma famille,
» Je veux lui donner un appui;
» Don Luis accomplira ce que j'attends de lui,
» Et mes filles pourront braver le sort contraire,
» L'une près d'un époux, et l'autre auprès d'un frère.
» Du feu roi, mon ami, respectant les erreurs,
» A son dernier désir je resterai fidèle;
» Pour ses fils, menacés par d'aveugles fureurs,
» Je garde de Moron la vieille citadelle;
» Si de don Pèdre un jour les soldats triomphans
» De dona Leonor poursuivaient les enfans,
» Je pourrais à la haine arracher ses victimes,
» Et d'un amour royal les fruits illégitimes
» Trouveraient un asile aux murs que je défends.
» Qu'on exécute donc ma volonté suprême;
» Don Luis, dès ce moment, armé de tous mes droits,
» Se rendra, sans tarder, près des filles que j'aime,
» Et j'espère qu'avant un mois
» Aux lieux où je commande un messager fidèle
» M'aura de son hymen apporté la nouvelle.
» Don Ruy de Padilla. »

MARIA, *à Juana.*

Les ordres sont précis;
Tu ne pourrais pas même obtenir un sursis.

JUANA.

Je n'en demande pas.

MARIA, *souriant.*

Comme elle est résignée!

DON LUIS, *à Juana.*

Le saint prêtre est venu, la chapelle est ornée,
Et demain vers l'autel disposé par nos soins...

MARIA, *se levant.*

Peut-être votre hymen aura-t-il deux témoins
Que vous n'attendez pas?

Juana et Felipa se lèvent.

DON LUIS.

Quel est donc ce mystère?
Et qui vient visiter ce château solitaire?

MARIA.

Un noble et bon parent, dont la tendre amitié
A de notre abandon daigné prendre pitié.

DON LUIS, *vivement.*

Don Diego peut-être?

MARIA.

Oui, vraiment, c'est lui-même!
Est-il mal qu'un parent nous visite et nous aime?

DON LUIS.

Non! mais pourquoi quitter et Séville et la cour?
Près du jeune don Pèdre on dit que chaque jou
Augmente sa faveur et grandit sa puissance :
Assidu compagnon des vices qu'il encense,
Il court à la fortune en oubliant l'honneur.

FELIPA.

Oh! comme vous parlez du roi notre seigneur!

JUANA.

Et de notre parent, qui deviendra le vôtre!

MARIA.

Il connaît l'un à peine, et n'a jamais vu l'autr

DON LUIS.

Don Pèdre, avec sa mère, à Cea retiré,
A la cour du feu roi ne s'est jamais montré,
J'en conviens.

MARIA.

Pourquoi donc juger, sans le connaîtr
Un prince que le ciel a créé votre maître?

DON LUIS.

Les récits de la cour l'ont pu faire juger.

MARIA.

La cour n'a jamais fait de récit mensonger?

DON LUIS

Avec quelle chaleur vous prenez sa défense!

MARIA.

Je sais que l'infortune assiégea son enfance,
Qu'il eut, pendant quinze ans, à se plaindre [so
Et j'attends pour blâmer.

DON LUIS.

Ne grondez plus! j'ai to
Mais quel autre témoin?

JUANA.

Un digne gentilhom

DON LUIS.

Jeune?

JUANA.

Jeune, et surtout fort aimable.

DON LUIS.

Il se nomme

JUANA.

Don Mendez de Posa.

DON LUIS.

Ce nom m'est inconnu.

MARIA.

Pourquoi vous accuser?

DON LUIS.

Mes hôtes sont en route.

MARIA.

Il sont partis?

DON LUIS.

Tous deux ils voulaient vous revoir.

MARIA.

Tous deux?

DON LUIS.

Il m'a fallu leur ôter cet espoir:
Le soleil s'est caché derrière les montagnes,
Déjà la nuit plus sombre envahit nos campagnes,
C'est l'heure du repos... et surtout du départ.

MARIA.

Oui, vous avez raison, don Luis, il est bien tard.

DON LUIS.

A leurs vains complimens si j'osai vous soustraire,
Pardonnez-moi! demain je serai votre frère,
Et de votre avenir je dois compte aujourd'hui
Au noble et vieux guerrier qui m'a fait votre appui.
L'avouerai-je, d'ailleurs? dans mon ame inquiète
Ce don Mendez éveille une crainte secrète,
Je ne sais quel soupçon près de lui m'a frappé.

MARIA.

Un soupçon?

JUANA.

Quel est-il?

DON LUIS.

Sans doute il m'a trompé!
L'instant n'est pas venu de cette confidence;
Jusque là, qu'on excuse un excès de prudence:
En signe de pardon, donnez-moi votre main.

MARIA.

La voici.

DON LUIS.

Chère sœur, à demain.

MARIA.

A demain!

JUANA.

Oui; car demain, don Luis, votre orgueilleuse
D'exercer son pouvoir se montrera jalouse, [épouse
Et, pour un cœur qui souffre implorant un soutien,
Par le bonheur d'une autre embellira le sien;
Don Luis accueillera ma première demande?
Je l'espère du moins.

DON LUIS.

Que Juana commande.

JUANA.

Merci!... mais le temps passe.

DON LUIS.

Et me dit d'espérer.
Voilà le dernier soir qui nous doit séparer.
Je sors... Oh! que le jour sera lent à paraître!

JUANA.

Allez... ainsi que vous on l'attendra peut-être!

Don Luis baise sa main, et sort par la porte de gauche.

Maria, c'est ici que tu reposes, toi:
Je te laisse.

MARIA.

Oh! oui, pars et va prier pour moi.

JUANA.

Que veux-tu dire?

MARIA.

Avant de fermer ta paupière,
Souviens-toi que ta sœur réclame une prière.

JUANA.

Je vais, en rendant grâce à Dieu de mon bonheur,
Lui demander le tien.

Elle sort par la première porte de droite.

MARIA.

Qu'il t'écoute, ma sœur!

SCENE V.

MARIA, *seule.*

Je suis donc seule?... oui, seule!... Ils m'ont aban-
Me voilà face à face avec ma destinée! [donnée!
L'heure fuit.... l'instant vient!... Va-t'en, rêve
[trompeur,
Tu mens, il n'est pas roi!... Pourquoi donc ai-je
[peur?...
Il semble que mon cœur va briser ma poitrine....
Tout est vrai! tout est vrai!... C'est une main
[divine
Qui, de son voile obscur dépouillant l'avenir,
M'avait montré le but où je dois parvenir...
Je l'attendrai... j'y cours...

Elle s'approche du trophée d'armes mauresques appendu à la muraille.

Monument de victoire,
Toi qui de mes aïeux as consacré la gloire,
Livre-moi ce poignard!

Elle détache un poignard et s'en saisit.

Un Padilla jadis
L'arracha tout sanglant à la main d'un Zégris;
Un siècle de repos n'a point rouillé sa lame,
Qu'elle brille aujourd'hui dans la main d'une
Et qu'on vienne à présent!... [femme!...

Elle s'approche de la fenêtre.

Écoutons: par ici
J'entends monter... allons, courage!...

Elle entr'ouvre la fenêtre et se place un peu à l'écart.

SCENE VI.

MARIA, DON PÈDRE, *sur le balcon.*

DON PÈDRE.

M'y voici!
Mon féal confident en ruse est passé maître;
Il dispose l'échelle, il ouvre la fenêtre:
Honneur à Diégo!

Il descend en scène.

MARIA, *s'avançant.*

Vous vous trompez, c'est moi!

DON PÈDRE, *reculant de surprise.*

Ah!

MARIA.

Puis-je faire moins pour monseigneur le roi?

DON PÈDRE.

Qu'entends-je?

MARIA.

S'il est mal reçu dans ma demeure,
Don Pèdre de Castille en doit accuser l'heure.

DON PÈDRE.

Silence!

MARIA.

Ici sans doute on l'accueillerait mieux
S'il y disait son nom à la clarté des cieux.

DON PÈDRE.

Oh! tais-toi, Maria, tais-toi! je t'en conjure!

MARIA.

Pourquoi donc me tairais-je?

DON PÈDRE.

Oui, je t'ai fait injure,
Mon amour m'égara!.... Le tien doit m'excuser.

MARIA.

Qu'importe mon amour à qui peut tout oser?

DON PÈDRE.

Hélas! sur mon audace un mot de toi l'emporte.

MARIA.

Priez don Diégo de vous prêter main forte.

DON PÈDRE.

Oh! veux-tu me punir et m'accabler toujours?
Je suis tremblant!...regarde!...Et souviens-toi des [jours
Où Maria semblait heureuse de m'entendre,
Ses yeux étaient si doux! sa voix était si tendre!

MARIA.

Où j'ai vu mon égal je ne vois plus qu'un roi.

DON PÈDRE.

Et qui donc, quand je t'aime, est au-dessus de toi?

MARIA.

M'aimer! Connaissez-vous les femmes de ma race?
Jamais (et jusqu'au bout je veux suivre leur trace)
De l'asile où les garde un légitime orgueil
Nul autre qu'un époux n'osa franchir le seuil.

DON PÈDRE.

Un époux!...

MARIA.

Ah! ce mot vous étonne peut-être?
Oui, don Pèdre s'est dit: Je règne, je suis maître;
A moi les biens, le sang, l'honneur de mes sujets!
Un faux nom va cacher mes glorieux projets;
Dieu me livre et permet que je la déshonore
Cette fille au cœur pur, qui croit, car elle ignore;
A mes sermens d'amour son amour cédera;
S'il résiste ou s'il tarde, un lâche la vendra!
Mais elle est Castillane et noble, cette fille!
Mais l'opprobre jamais n'atteignit sa famille;
Mais elle peut braver qui la voudrait flétrir!
Il ne faut qu'un poignard et du cœur pour mourir.

DON PÈDRE.

Mourir?

MARIA.

Le cœur est prêt, et la main sera ferme!
L'avenir qui m'attend, un seul mot le renferme;
Car, demain, mes amis, en revenant chez moi,
Trouveront un cadavre, ou la femme d'un roi!
Prononcez!

DON PÈDRE

Maria, je t'en prie, oh! pardonne!
Hélas! qui plus que toi mérite une couronne?
Pour expier mon crime et venger ton affront,
Que ne puis-je à l'instant la placer sur ton front!
Je suis bien malheureux! Repoussé par mon père,
Aux ordres d'un valet enchaîné par ma mère,
J'ai langui dix-huit ans abandonné de tous!
Enfin, quand Dieu sur moi jette un regard plus doux,
Au moment où la mort me fait roi de Castille,
Que vois-je? l'étranger, mes vassaux, ma famille,
Ligués contre un empire encor mal affermi: [ami,
Mon cœur faible et souffrant ne cherchait qu'un
Je ne l'ai pas trouvé!... Mon trône, qui chancelle,
D'un ministre insolent doit subir la tutelle,
Albuquerque et ma mère usurpent mon pouvoir,
Et je suis l'instrument que leur main fait mouvoir.
Qu'importe?... je t'ai vue, et mon ame ravie
A deviné soudain une nouvelle vie;
Combats, chagrins, malheurs, tout avait disparu!
Maria, je t'ai dit: Je t'aime! et tu m'as cru!
Et ta bouche, à son tour, a répondu: Je t'aime!

MARIA.

Don Pèdre m'a trompée et se trompait lui-même.

DON PÈDRE.

Don Pèdre à tes genoux demande le bonheur.

MARIA.

Maria Padilla redemande l'honneur.

DON PÈDRE.

Eh bien! je suis coupable! Hélas! te l'avouerai-je?
Un de ces courtisans, dont la foule m'assiége,
M'enivra du bonheur qu'il me fit entrevoir:
« Elle est à vous, don Pèdre, il suffit de vouloir, »
Disait-il! Et mon cœur, lassé de sa souffrance,
D'une ineffable joie accueillit l'espérance:
Car, vois-tu, ma couronne et mon titre de roi,
Je les aurais donnés pour dire: Elle est à moi!
Oh! que ma voix arrive à ton ame attendrie;
Daigne tendre la main au repentir qui prie,
Maria, mon amour, mon bonheur, mon trésor,
Apaise ta colère, et que je voie encor
Ce sourire, si doux sur ta bouche si belle,
Qui dut être celui de la vierge immortelle
Quand sur leurs ailes d'or des anges radieux
L'enlevaient à la terre et l'emportaient aux cieux.

MARIA, *avec émotion.*

Taisez-vous! taisez-vous!

DON PÈDRE.

Je t'ai donné ma vie!
Viens!... comme à ton aspect va s'éveiller l'envie!
Comme elles courberont leurs fronts humiliés
Ces femmes qui, demain, me verront à tes pieds
Apportant cet amour où leur orgueil aspire,
Attendant mon bonheur d'un mot ou d'un sourire!
Viens! je veux t'entourer d'un hommage éternel!

MARIA.

Monseigneur est donc prêt à me suivre à l'autel?

DON PÈDRE.

Eh! le puis-je? assiégé de périls et d'alarmes,
Quand partout la révolte a ressaisi ses armes,
Irai-je d'Albuquerque offenser le pouvoir?
Puis-je braver ma mère et briser son espoir?
De cet hymen royal, que leur prudence apprête,
Jamais notre soleil n'éclairera la fête;

Mais, s'ils m'abandonnaient, qui peut me secourir?
Faible encor, je dois feindre.

MARIA.

Et moi, je dois mourir!

DON PÈDRE.

Oh! ne répète pas cette horrible menace!

MARIA.

A la fille d'un roi ma mort va faire place.

DON PÈDRE.

Je n'accepterai point cet hymen abhorré.

MARIA.

Et moi, je ne veux pas d'un nom déshonoré!

DON PÈDRE.

Ah! je comprends enfin, et j'ai lu dans ton ame!
Ce titre, Maria, ton orgueil le réclame;
C'est mon bandeau royal que tu veux? tu l'auras!
Oui, tout mon avenir pour une heure en tes bras!
Qu'Albuquerque et ma mère, en leur dépit, se vengent;
Qu'au parti des bâtards les grands vassaux se rangent;
S'indignant d'un hymen qui détruit leurs projets,
Que les Cortez, partout déliant mes sujets,
Unissent leur colère aux vœux de Transtamare;
Qu'on arme contre moi les trônes, la thiare;
Que le sol castillan de mon sang soit baigné;
Qu'importe à Maria pourvu qu'elle ait régné?
Eh bien! soit, j'y consens! Viens, ma couronne est prête,
Puisque tu n'as aimé que ma couronne?

MARIA.

Arrête!
Tu m'accuses, don Pèdre? Apprends à mieux juger
Celle que ton amour n'a pas craint d'outrager!
Je ne t'ai point aimé, dis-tu? ton diadème
Est tout ce que je veux? Ce n'est pas vrai! je t'aime!

DON PÈDRE.

Oh! Maria!...

MARIA.

Je t'aime!... Au seul son de ta voix,
Tout mon cœur s'est ému pour la première fois;
Je t'aime!... Tu le veux? je serai ta victime!
Je peux t'immoler tout! hormis ma propre estime!
Écoute: pour ma sœur l'autel était orné;
S'il est vrai que ton cœur à moi se soit donné,
Tu me suivras!... Un prêtre est là qui nous appelle;
Les flambeaux consacrés éclairent la chapelle:
Viens, don Pèdre!... Que Dieu reçoive tes sermens,
Et que Dieu seul après me venge si tu mens!

DON PÈDRE.

Qu'as-tu dit?

MARIA.

J'oublierai ton crime et mon injure:
Je vais t'appartenir ame et corps, et je jure
Par le Dieu tout-puissant, qui nous écoute au ciel,
Par ma vie à venir, mon salut éternel,
De supporter la honte et de cacher mon titre;
Ton amour de mon sort sera l'unique arbitre.
C'en est fait! Jusqu'au jour où le roi, mon seigneur,
Relèvera sa femme et lui rendra l'honneur,
Respectant ses dangers, esclave obéissante,
J'abandonne au mépris une vie innocente,
L'opprobre pèsera sur mon front abattu,
Mais mon cœur sera pur!... Don Pèdre, acceptes-tu?

DON PÈDRE.

Ah, je suis trop heureux!... dans la chapelle sainte
Viens, entre, Maria, sans remords et sans crainte!
Un prêtre, m'as-tu dit, nous attend?... que sa voix
Bénisse donc nos nœuds et consacre tes droits!
De mes tyrans bientôt je secoûrai la chaîne,
Et la Castille alors, en saluant sa reine,
Acquittera don Pèdre! Hélas! jusqu'à ce jour,
Pour prix de mon bonheur, accepte mon amour!
Albuquerque et ma mère, armés de ma faiblesse,
A ployer devant eux ont instruit ma jeunesse,
Ils puniraient sur toi l'hymen que nous cachons,
Ils ne le sauront pas!...

MARIA.

Dieu le saura!... marchons!

Maria prend la main de don Pèdre, de l'autre elle indique la route pour se rendre à la chapelle. La toile tombe.

ACTE TROISIÈME.

Riche salle du palais occupé par Maria, à Séville; cette pièce ouvre sur une galerie qui tient tout le fond. Portes latérales. Une fenêtre à gauche de l'acteur; du même côté, une table et ce qu'il faut pour écrire.

SCENE PREMIERE.

DON JUAN DE PRADO, DON JOSÈ DE CERDA, DON BALTHAZARD DE SYLVA, JEUNES COURTISANS.

DON JUAN, *à don Josè, qui arrive.*

Don Josè de Cerda!... toi, chez la favorite!

DON JOSÈ.

Accourant comme vous où le plaisir m'invite.

DON BALTHAZARD.

Mais depuis plus d'un an que, maîtresse du roi,
Maria Padilla nous courbe sous sa loi,
Ta colère en tous lieux se déchaînait contre elle!
Et te voilà?

DON JOSÈ.

Pourquoi Dieu la fit-il si belle?

DON JUAN, *aux autres.*

Encore un!... Sur les cœurs quel est donc son pouvoir?

DON JOSÈ.

Quand on la veut haïr, il ne faut pas la voir.

DON BALTHAZARD.

Albuquerque la voit et conserve sa haine.

DON JOSÈ.

Albuquerque voudrait nous donner une reine.

DON JUAN.

Mais don Pèdre résiste.

DON BALTHAZARD.

Et Blanche de Bourbon
Pourra long-temps encor languir dans Avignon.
A sa fête, avec nous, Maria te convie?

DON JOSÈ.

J'écoutai trop long-temps les discours de l'envie;
Et, réparant des torts qu'elle daigne oublier,
De près, comme de loin, je suis son chevalier.

DON JUAN.

Jamais, depuis le jour qui créa sa puissance,
Elle n'a déployé tant de magnificence;
Le luxe des festins et la pompe des jeux,
Mêlant un jour de joie à des jours orageux,
Vont apporter au roi l'oubli de ses alarmes.

DON JOSÈ.

Que n'oublierait-on pas auprès de tant de charmes?

DON BALTHAZARD, *jetant les yeux vers le fond.*

Vois-tu venir vers nous ce nouveau convié?

DON JUAN, *regardant.*

De quel pays lointain nous est-il envoyé?

DON JOSÈ, *regardant.*

Lugubre habit de deuil!

DON BALTHAZARD.

Maintien de patriarche!

DON JOSÈ.

C'est le siècle passé qui se réveille et marche.

DON JUAN.

Il approche; silence!...

SCENE II.

LES MÊMES, DON RUY DE PADILLA.

DON RUY, *à lui-même en entrant.*

Enfin, je touche au but!

Aux jeunes gens.

Salut à vous, seigneurs!

DON JUAN.

A vous, seigneur, salut!

DON RUY.

Sans doute ma présence ici doit vous surprendre;
Mais, tout vieux que je suis, j'étais jaloux d'ap-[prendre
Comment la favorite embellit ses loisirs.
Le seigneur Albuquerque a compris mes désirs,
Et, dans cette demeure aux plaisirs consacrée,
Du vieillard curieux il protégea l'entrée.
Serez-vous, messeigneurs, vous, hommes d'au-[jourd'hui,
Pour l'homme d'autrefois moins obligeans que lui?

DON JUAN.

Non, certes, et partout, moi, je veux vous con-[duire.

DON RUY.

De quelques faits récens si vous daignez m'in-[struire,
Je serai satisfait.

DON BALTHAZARD.

Veuillez interroger.

DON RUY.

Dans cette jeune cour je suis un étranger.

DON JUAN.

Mais vous savez du moins que, belle entre les belles,
Maria Padilla soumet les plus rebelles,
Que le sort d'un royaume est écrit dans ses yeux.

DON RUY.

Je sais qu'elle a quitté le toit de ses aïeux,
Qu'un infâme parent au roi l'avait vendue,
Et que la vanité, comme Ève, l'a perdue.

DON JOSÈ.

Vous êtes bien sévère!

DON RUY.

En ce lieu c'est un tort.

DON JUAN.

Vous ne devriez pas, au moins, maudire un mort.

DON RUY.

Comment?

DON JUAN.

Don Diégo ne peut plus vous entendre;
Peut-être, s'il vivait, saurait-il se défendre?

DON RUY.

Il est mort?

DON JUAN.

Un duel l'enlève à vos mépris.

DON RUY.

Qui de ses lâchetés lui paya donc le prix?

DON JUAN.

Un parent; c'est don Luis d'Aguilar qu'il se nomme.

DON RUY.

Ah! don Luis est un brave et digne gentilhomme!

DON BALTHAZARD.

Si Dona Maria ne l'avait protégé,
Diégo, le jour même, aurait été vengé.
Le roi voulait punir, la sentence était prête;
Mais un mot à la hache a dérobé sa tête.

DON JUAN.

Elle est si magnanime!

DON JOSÈ.

Et son cœur est si bon!

DON RUY.

Les murmures du peuple éclatent à son nom.

DON BALTHAZARD.

Oui, Gonzalo Gomès, qui l'outrage sans cesse,
Un valet dont la reine anoblit la bassesse,
Va semer en tous lieux le mensonge et l'erreur,
Et d'un peuple abusé soudoyer la fureur.

DON JOSÈ.

Eh! qu'importent le peuple et sa haine éphémère?
Aux dépits d'Albuquerque et de la reine-mère
Contre elle de ses cris il prête le secours,
Et peut-être il criera contre eux dans quelques [jours!

DON BALTHAZARD.

Quand les partis armés se disputent nos villes,
Ange consolateur des discordes civiles,
Elle va réunir Transtamare et le roi.

DON JUAN.

Crois-tu donc à la paix?

DON BALTHAZARD.

Elle la veut... j'y croi.

DON RUY, *avec intérêt.*

Poursuivez!...

DON BALTHAZARD.

De son cœur soupçonner la noblesse
C'est un crime!

DON RUY, *à part.*

Oh! mon Dieu! pardonne une fai- [blesse
Que mon courroux en vain voudrait désavouer!...
J'ai du plaisir encore à l'entendre louer.

DON JOSÈ, *à don Ruy.*

Vous, dont l'austérité semble accuser sa vie,
Vieillard, fermez l'oreille aux fureurs de l'envie;
De Dona Maria respectez les loisirs,
Et n'allez pas surtout attrister nos plaisirs!
Sa beauté pour ses torts va nous demander grâce;
Est-il quelques erreurs que tant d'éclat n'efface?

DON JUAN.

Je l'entends!

Tous les jeunes courtisans se tournent du côté par où vient Maria Padilla.

DON RUY.

Juste ciel!

DON BALTHAZARD.

Elle vient par ici.

DON JOSÈ, *regardant.*

Que d'attraits!

DON RUY, *à lui-même.*

Malheureux!... pourquoi trembler ainsi?
Ah! je ne voudrais point la maudire!... Et peut- [être
D'un premier mouvement je ne serais pas maître.

DON JOSÈ, *regardant avec les autres.*

Que ses cheveux sont beaux sous la résille d'or!

DON RUY, *à lui-même.*

Je ne peux pas la voir, puisque je l'aime encor.

Il sort vivement par une porte latérale.

DON JOSÈ, *se retournant.*

Eh bien! qu'en pensez-vous?... Il part quand elle [arrive!...

DON BALTHAZAR.

Albuquerque nous donne un étrange convive!

DON JUAN.

D'Albuquerque, en effet, il réclama l'appui:
Ce vieillard m'est suspect.

DON JOSÈ.

Ayons les yeux sur lui.

SCENE III.

LES MÊMES, MARIA PADILLA, *entourée* DE PAGES *et* D'ESCLAVES.

MARIA, *aux pages et aux esclaves.*

Que partout de festons mon palais se décore;
Mêlez la voix du luth aux chants de la mandore;
Des rosiers de Damas, des orangers en fleurs,
Confondez les parfums, mariez les couleurs;
Que Madère et Xérès, sous une ombre embaumée,
Épanchent à flots d'or leur liqueur parfumée;
Que de vos instrumens, cachés dans les rameaux,
L'invisible harmonie animant les échos,
Fasse long-temps douter l'oreille, qu'elle enchante,
Si c'est le rossignol qui se réveille et chante.
Sous l'éclat des flambeaux qui vont tromper nos [yeux,
Que le soleil pâlisse en remontant aux cieux!
Allez! dans la demeure à ma voix embellie,
Nous oublierons le temps, afin qu'il nous oublie.
Épiez, devinez, devancez le désir,
Et qu'on croie au bonheur en trouvant le plaisir.

Les pages et les esclaves se dispersent sur un signe de Maria.

MARIA, *s'approchant des jeunes courtisans.*

De votre empressement je dois vous rendre grâces.

DON BALTHAZARD.

Qui ne s'empresserait d'accourir sur vos traces?

MARIA.

A l'appel du plaisir vous avez répondu?

DON JUAN.

Quand vous nous appeliez, qui n'eût pas entendu?

MARIA.

Il est tant d'Espagnols dont la voix l'a maudite,
Celle que leurs dédains nomment la favorite!

DON JOSÈ.

Il en est plus encor dont le cœur la défend.

MARIA.

J'avouerai qu'aujourd'hui le mien est triomphant.
Don Josè de Cerda, vous chez moi! quelle gloire!
C'est un si beau succès, que j'ose à peine y croire.

DON JOSÈ.

Plus que vous, senora, j'ai lieu d'être étonné;
Je tremble et doute encor que l'on m'ait pardonné.

MARIA.

Eh bien! vous en aurez la preuve à l'instant même.

DON JOSÈ.

Expliquez-vous.

MARIA.

Du roi la volonté suprême
Exila don Lopez, votre parent!... Demain
Il pourra de la cour reprendre le chemin;
Sa charge auprès du roi lui doit être rendue;
Don Pèdre l'a promis.

DON JOSÈ.

Faveur inattendue!
Quoi! pardonner mes torts, m'ouvrir votre palais,
Et jusqu'à ma famille étendre vos bienfaits!...
Comment les reconnaître?

MARIA, *souriant.*

En m'en demandant d'autres.

DON BALTHAZARD.

Honneur à tes amis, don Josè!...

DON JUAN, *à Maria.*

Mais les nôtres?

MARIA, *souriant.*

J'aurai de la mémoire et du crédit pour tous!
Veuillez de don Josè ne pas être jaloux;
Quand de changer leur cœur nous avons l'espé- [rance,
Nos ennemis sont sûrs de quelque préférence;
Nous tentons leur conquête et voulons l'achever;
Mais c'est peu de la faire, il faut la conserver.

DON JOSÈ.

A jamais dévouement, respect, obéissance!

MARIA.

C'est donc moi qui vous dois de la reconnaissance.
Mais je n'espérais pas si tôt vous rencontrer,
Et pour quelques instans il faut nous séparer:
Un message du roi me prescrit de l'attendre;

Auprès de moi, dit-il, bientôt il va se rendre;
D'un secret important il veut m'entretenir!...
Des festins et des jeux qui vont nous réunir,
Pour vous dans mes jardins la pompe se déploie,
La foule entre déjà; mêlez-vous à sa joie.

DON JOSÈ.

Il faut donc loin de vous que nous portions nos pas?
Est-il quelques plaisirs où l'on ne vous voit pas?

MARIA.

Ah! de votre amitié que la voix soit bénie!
Les échos de la haine et de la calomnie
Sèment les bruits menteurs qu'inventa cette cour.
Je dois me résigner!... Mais quand luira le jour
Où nous oublierons tous comment ils m'ont nommée,
Moi, je n'oublierai point que vous m'avez aimée.

Les hommes saluent et sortent.

SCENE IV.

MARIA, *seule.*

Oui, dans leur dévouement je peux me confier,
J'y crois!... C'est ma parure et c'est mon bouclier!
Quand la haine à mon nom va prodiguant l'injure,
Que des regards amis tombent sur ma blessure!...
Noirs présages, en vain je voudrais vous bannir.
Quel passé!... quel présent!... Eh bien! j'ai l'avenir!...
Mais toujours je l'appelle, et toujours il recule!...
De ce peuple insensé la colère crédule
M'accuse de ses pleurs; il me maudit!... Et moi,
Je veux à les tarir contraindre enfin son roi!
Oui, don Pèdre à mes vœux cédera, je l'espère:
Qu'un peuple entier pour moi plaide auprès de mon père!
Mon père!... où sa douleur chercha-t-elle un abri?
Dans quel lieu cache-t-il un nom qu'il croit flétri?
Quand donc viendra l'instant qui lui doit tout apprendre?
Le sais-je? quel courage il me faut pour l'attendre!
Mais je l'aurai. Le Dieu qui me compte mes jours
M'a, comme au Juif maudit, crié: Marche toujours!
Le but est là! je veux l'atteindre, quoi qu'il coûte;
Marchons donc et semons les bienfaits sur ma route!
Ah! c'est lui!

On entend du bruit dans une pièce à côté.

SCENE V.

DON PÈDRE, MARIA.

DON PÈDRE, *entrant ému.*

Maria, te voilà donc!

MARIA.

Pourquoi
Dans vos traits, monseigneur, ce trouble et cet effroi?

DON PÈDRE.

Oh! rien! à tes côtés le calme va renaître.

MARIA.

Un important secret, disiez-vous...

DON PÈDRE.

Oui, peut-être.
J'ai besoin d'une amie et je voulais te voir.

MARIA.

Adoucir vos chagrins est mon premier devoir,
Vous le savez?

DON PÈDRE.

Sans doute!... Il faut que mon sort change!
Eux aussi, quelque jour je les tuerai.

MARIA.

Qu'entends-je?
De qui donc parlez-vous?

DON PÈDRE.

Comme ils m'ont offensé!
Ma vengeance par lui du moins a commencé.
Je ne le verrai plus, debout sur mon passage,
D'un sourire insolent démentir son hommage.

MARIA, *avec inquiétude.*

Serait-ce l'écuyer de la reine?

DON PÈDRE.

C'est lui.

MARIA.

Eh bien?

DON PÈDRE.

Je l'ai tué!

MARIA.

Quand, don Pèdre?

DON PÈDRE.

Aujourd'hui.

MARIA.

Son crime?

DON PÈDRE.

Il m'a bravé jusque dans ma demeure.

MARIA.

Malheureux! que fera votre mère?

DON PÈDRE.

Elle pleure.

MARIA.

Et que dira don Pèdre, alors qu'au nom du roi,
Le grand justicier fera parler la loi?
Du vieux Bénavidès l'austérité rigide
Doit sur tous vos sujets étendre son égide;
Sa voix vous flétrira.

DON PÈDRE.

Je peux le défier.

MARIA.

Il connaîtra le meurtre,

DON PÈDRE.

Et non le meurtrier.

MARIA.

Le favori Gomès fut donc frappé dans l'ombre?

DON PÈDRE.

Nul ne m'a vu passer dans le corridor sombre
Où j'ai puni l'infâme et vengé mon affront.

MARIA.

Hélas! malheur sur moi, car ils m'accuseront.

DON PÈDRE.

Ils n'oseraient.

MARIA.

En proie à des maux qu'on irrite,
Le peuple à ses douleurs mêle la favorite;
Je le plains, lui pardonne; on le trompe et je veux

Vaincre son injustice en le rendant heureux.
Don Pèdre, écoute-moi! Ta colère fatale
A fait jaillir du sang sur la pourpre royale;
Dieu t'a vu; près de lui Gomès va t'accuser!
Par le bonheur d'un peuple il le faut apaiser.
La guerre a trop long-temps désolé tes provinces;
Un parti suit encor la fortune des princes;
Tolède peut demain leur ouvrir ses remparts,
Et, fils d'Alfonse, ils sont tes frères.

DON PÈDRE.

Des bâtards!

MARIA.

Souviens-toi de ton père et songe à leur puissance.

DON PÈDRE.

Mais moi, n'ai-je pas droit à leur obéissance?

MARIA.

S'ils désiraient la paix?

DON PÈDRE.

Point de paix avec eux
Tant qu'ils seront armés.

MARIA.

Ton peuple est malheureux,
Et moi, qu'aux yeux de tous ton amour a flétrie,
Moi qui souffre, tu dois m'écouter quand je prie.
Me repousseras-tu, don Pèdre? Souviens-toi
Des sermens que tu fis en me donnant ta foi:
Jusqu'au jour où mon front ceindra le diadème,
Je devais, disais-tu, régner plus que toi-même.
Je ne t'accuse point de mes chagrins passés;
Mêle donc quelque joie aux pleurs que j'ai versés;
Il faut cacher mon titre, et mon cœur s'y résigne;
Quand tu me le rendras, qu'on dise: Elle en est digne!
Permets qu'enfin ton peuple en moi trouve un soutien
Qu'on bénisse ton nom sans maudire le mien.

DON PÈDRE.

Qu'exiges-tu?

MARIA.

Je sais que ton cœur est fidèle,
Que Blanche de Bourbon ne verra point pour elle
Se décorer le trône offert à son orgueil;
Elle n'y peut monter qu'en foulant mon cercueil.

DON PÈDRE.

Le crains-tu?

MARIA.

Non! pourtant, on t'obsède sans cesse;
Aux frontières d'Espagne, une jeune princesse
Attend le sceptre; elle a des sujets, une cour;
Pour en faire une reine il suffirait d'un jour;
Moi, je n'ai que ton cœur.

DON PÈDRE.

Il est à toi! Pardonne
Si de nombreux périls, menaçant ma couronne,
Me condamnent à feindre, et ne m'ont pas permis
De mettre encor le pied sur tous nos ennemis;
J'essaie à les briser, j'y parviendrai sans doute;
Vers mon trône pour toi j'aplanirai la route;
Mais la France, mon peuple et ma mère à la fois,
C'est trop! De cet écrit qui consacre tes droits
Jamais, sans mon aveu, nul n'aura connaissance,
Ma mort seule pourrait t'affranchir du silence;
Tu ne l'oublieras point, Maria? Quand le roi
Par un lien sacré voulut s'unir à toi,
Tu juras le secret sur la divine hostie.

MARIA.

Ma foi, jusqu'à ce jour, s'est-elle démentie?

DON PÈDRE.

Non, et l'instant viendra qui doit tout révéler.
Songez-y cependant, si vous osiez parler,
Vous savez, Maria, quel sort serait le vôtre! [tre.
C'est la mort dans ce monde et c'est l'enfer dans l'au-

MARIA.

Je m'y soumets, don Pèdre, et le fais sans effort;
Car si tu me trahis, puis-je craindre la mort?

DON PÈDRE.

Jamais.

MARIA.

Eh bien! il faut céder à ma prière.
Dans le palais du riche et dans l'humble chaumière,
Que la paix pour don Pèdre éveille un cri d'amour,
Et que sa Maria compte au moins un beau jour!
Tu consens, n'est-ce pas? car tu m'aimes.

DON PÈDRE.

Que faire?

MARIA.

Désarmer Transtamare!

DON PÈDRE.

Un rebelle?

MARIA.

Ton frère!

DON PÈDRE.

Il dicterait la paix? je l'aurais imploré?

MARIA.

Non, il la recevra.

DON PÈDRE.

Lui?

MARIA.

J'ai tout préparé.

DON PÈDRE.

Comment?

MARIA.

Depuis long-temps, don Pèdre, un de mes
Mystérieux agent, par de secrets messages, [pages,
L'instruit de mes projets et m'apporte ses vœux.
Regarde! vos combats sont finis, si tu veux.

Elle lui remet un parchemin.

DON PÈDRE.

Qu'est-ce donc?

MARIA.

Un traité qu'il a signé d'avance.
Il respecte tes droits, ton titre et ta puissance.
Que le nom de son roi brille à côté du sien,
La paix et le bonheur nous sont rendus.

DON PÈDRE, *se disposant à signer.*

Eh bien!
Tu le veux, Maria?

On entend un bruit confus au dehors.

Quel est ce bruit? écoute!

MARIA.

Nos fêtes et nos jeux qui commencent sans doute.

Elle prête l'oreille.

Grand Dieu!

DON PÈDRE, *écoutant.*

Les cris du peuple!

MARIA.

Ah! je l'avais prédit.

DON PÈDRE.

Ton nom sous la fenêtre!

MARIA, *avec désespoir.*

Et c'est moi qu'il maudit!

VOIX *dans la coulisse.*

Vengeance à Gonzalo!

MARIA.

Tu vois, je suis proscrite.

VOIX, *dans la coulisse.*

Meure la Padilla! meure la favorite!

MARIA.

Ah! quel sort tu m'as fait, don Pèdre!

DON PÈDRE.

Que crains-tu?

MARIA.

Moi craindre? rien! Braver la honte est ma vertu.

DON PÈDRE.

La honte, Maria?

MARIA.

Ce peuple qu'on abuse
Prête une oreille avide à la voix qui m'accuse;
Il n'est point de forfait qu'il n'attache à mon nom,
Eh bien! cède à mes vœux, il le bénira.

DON PÈDRE.

Non,
Guerre à mes ennemis! aux mutins des tortures!

MARIA.

Un mot en cris joyeux peut changer leurs murmures.

DON PÈDRE.

C'est mon peuple : en silence il doit subir ma loi.

MARIA.

Mais c'est mon peuple aussi, je suis femme du roi.

DON PÈDRE.

Il ose t'outrager... point de lâche indulgence!

MARIA.

Donne-lui donc la paix et signe ma vengeance.

DON PÈDRE.

Il nous en faut une autre, et nous l'aurons.

Il va vers le fond.

A moi!

SCENE VI.

LES MÊMES, DON JOSÈ DE CERDA.

DON PÈDRE.

Don Josè de Cerda, me direz-vous pourquoi
J'entends encor ces cris? d'où vient tant de faiblesse?

DON JOSÈ.

J'accourais demander l'ordre de votre altesse

DON PÈDRE.

En était-il besoin? Allez, qu'à votre voix
On frappe!

MARIA, *vivement à don Josè.*

Demeurez!

A demi-voix à don Pèdre sur le devant.

Pour la dernière fois,
Écoute-moi!

DON PÈDRE.

La mort à cette populace!

MARIA, *toujours à demi-voix.*

D'attendre et de souffrir veux-tu que je me lasse?
Que, foulant sous mes pieds des honneurs infamans,
Du haut de ce balcon je parle?

DON PÈDRE.

Et tes sermens?

MARIA.

Et les tiens? Tu juras que je serais heureuse!
Ouvre ton cœur, don Pèdre, à ma voix douloureuse!
De tant de maux soufferts, de tant de jours flétris,
Quand mon chagrin t'implore, accorde-moi le prix!
Oh! par combien d'amour je paierai ta clémence!

DON PÈDRE.

Écoute! de leurs cris la fureur recommence.

MARIA.

Signe donc!

DON PÈDRE.

Et c'est toi qui les défends ainsi!

MARIA.

Je t'en conjure.

DON PÈDRE, *après avoir hésité.*

Allons!

Il va à la table et signe.

MARIA.

Merci, mon Dieu, merci!

Elle prend le traité et le remet à don Josè.

Don Josè, que partout la paix soit proclamée!
Transtamare à son roi tend sa main désarmée;
Plus de guerre!

DON JOSÈ.

Est-il vrai?

MARIA.

Plus de combats! courez,
Courez porter la joie en des cœurs égarés,
Que le peuple respecte et bénisse son maître.

DON JOSÈ

C'est vous qu'il bénira, car il va vous connaître.

Il sort.

SCENE VII.

DON PÈDRE, MARIA.

DON PÈDRE.

Ainsi, tu l'as voulu? comment te résister?

MARIA.

Si ton peuple est heureux, que peux-tu regretter?

DON PÈDRE.

L'Alcazar me rappelle, il faut que je te quitte.

VOIX *dans la coulisse.*

La paix! vive le roi! vive la favorite!

DON PÈDRE.

Les entends-tu? leur voix te bénit maintenant.

MARIA, *avec joie.*

Oh! oui.

DON PÈDRE, *avec dédain.*

Comment fixer ce peuple?

MARIA.

En pardonnant.

DON PÈDRE.

Tu le crois? Au revoir, Maria, dans une heure!

MARIA.

Vous daignerez encore honorer ma demeure?
Partager nos plaisirs?

DON PÈDRE, *souriant.*

Je n'ai point oublié
Qu'à me joindre à vos jeux vous m'avez convié.

Conduit par Maria, il sort par la porte à droite.

SCENE VIII.

MARIA, UN PAGE, *puis* JUANA.

MARIA, *seule.*

Que désormais la haine et m'accuse et m'offense,
Des voix vont s'élever qui prendront ma défense!
Mes yeux vers l'avenir se tournent sans effroi:
J'ai mis l'amour d'un peuple entre la honte et moi!

UN PAGE, *entrant*

Senora.

MARIA.

Que veut-on?

LE PAGE.

Une femme inconnue
Jusqu'au seuil du palais, malgré nous parvenue,
Nous résiste, demeure, et demande à vous voir.

MARIA.

Quelques pleurs à tarir!

Au page.

Je veux la recevoir.

Il sort sur un signe de Maria.

A soulager ses maux je trouverai des charmes:
J'ai trop de joie au cœur pour repousser ses larmes.

LE PAGE, *au fond, à Juana.*

Avancez!

Il se retire après avoir déposé sur la table une cassette que Juana lui a remise.

JUANA, *au fond.*

Maria!

MARIA.

Qu'entends-je? quelle voix...!

JUANA.

Maria!

MARIA.

Dieu puissant! Est-ce elle que je vois?

Elle court vers Juana.

Ma sœur! ma Juana!... C'est elle! c'est bien elle!
Dans mes bras! sur mon cœur! O justice éternelle!
Mes prières enfin désarment ta rigueur!
Mais je n'espérais pas un aussi grand bonheur.

JUANA.

D'hommages, de plaisirs, de faste environnée!
Tu m'aimes donc?

MARIA.

Voilà ma plus belle journée!

JUANA.

Notre amour disparut devant l'amour d'un roi:
Ton rêve est accompli!

MARIA.

Ma sœur, parlons de toi!
Don Luis est ton époux, je le sais; mais la guerre
Des biens de ses aïeux l'a dépouillé naguère,
Dans un asile obscur vos jours se sont cachés.

JUANA.

Et tes bienfaits alors, ma sœur, nous ont cherchés

MARIA.

Que dis-tu?

JUANA.

Maria, que servirait de feindre?
Tu connus nos chagrins, et tu devais les plaindre;
Mais ton cœur te trompa, don Luis est riche encor:

Indiquant la cassette.

Ses ordres m'ont prescrit de te rendre cet or;
Parmi les malheureux que tes mains le répandent.
Il en est tant, hélas! dont les douleurs l'attendent!

MARIA.

Ma sœur, don Luis est pauvre.

JUANA.

Il n'a besoin de rien.

MARIA.

Ton époux, Juana, me méprise donc bien?

JUANA.

S'il a dû refuser tes bienfaits, oh, pardonne!

MARIA.

Il repousse les dons moins que la main qui donne.

JUANA.

Ma sœur!

MARIA.

Il en rougit? j'aurais dû le penser!
Au moins il en est un qu'il n'a pu repousser,
Et j'en rends grâce au ciel!

JUANA.

Qu'entends-je? Est-il possible?
Quand Diégo mourut, un châtiment terrible
Pouvait frapper don Luis?

MARIA.

Tais-toi, ma sœur, tais-toi!
Il maudirait bientôt des jours sauvés par moi.

JUANA.

Ah, ma sœur, je me jette à tes pieds que j'em-
Pardonne! [brasse:

MARIA, *lui tendant les bras.*

Que fais-tu? Viens donc! voilà ta place!

JUANA, *se jetant dans ses bras.*

Maria!

MARIA.

Sans mépris peux-tu me regarder?

JUANA.

Oh!

MARIA.

Ce moment, que Dieu veut bien nous accorder,

Ne l'empoisonnons pas! Un jour viendra, j'espère...
Aujourd'hui, Juana, parle-moi de mon père.
Hélas! depuis un an, son sort m'est inconnu.
J'ai tenté de l'apprendre et n'ai rien obtenu.

JUANA.

Comme toi, je l'ignore! A son serment fidèle,
Défendant de Moron l'antique citadelle,
Il gardait cet asile aux enfans du feu roi,
Qui savent son courage et comptaient sur sa foi;
Il disparut! On dit qu'en l'arrosant de larmes
Un jour il a brisé l'écusson de ses armes;
Et jamais nul écho, depuis qu'il s'exila,
N'a porté jusqu'à nous le nom de Padilla.

MARIA.

Mon père, il est donc vrai? ton désespoir le cache,
Ce nom que tes aïeux t'avaient légué sans tache?
Et souffrir? et me taire? Il le faut!... O ma sœur,
Qui de nos premiers ans nous rendra la douceur?

JUANA.

Les innocens plaisirs de notre antique asile,
Où la vertu rendait le bonheur si facile,
Peux tu les regretter aux lieux où je te vois?
Toute une cour s'émeut au seul son de ta voix,
Tu règnes? Et pourtant, sur ton pâle visage,
Des chagrins ignorés ont marqué leur passage!

MARIA.

A l'être qu'ici-bas il enchaîne aux douleurs
Dieu, pour soulagement, n'a donné que les pleurs,
Et j'ai fourni ma part, sur la terre où nous sommes,
A cet immense abîme, où les larmes des hommes
Tombent, tombent toujours, sans le combler ja-
[mais.

JUANA.

Si tu te repens?

MARIA.

Non! Je souffre et me soumets!

JUANA.

Eh bien! il en est temps encore, brise ta chaîne!
Le repentir, qui reste à la faiblesse humaine,
Pour relever le front qu'une faute a courbé,
Il rouvrirait le ciel même à l'ange tombé!
Écoute-le, suis-moi! viens retrouver ces heures
D'innocence, de paix et de plaisirs!... Tu pleures?
Ah! tu vas me céder! et notre père, un jour,
Dans mon humble retraite apprenant ton retour,
Sur son cœur ranimé viendra presser sa fille!
Tu lui rendras, ma sœur, son nom et sa famille,
Et, consolant ses jours d'exil et d'abandon,
Tu te relèveras belle de son pardon!

MARIA.

Tais-toi, ma sœur! les nœuds dont je suis enlacée,
La mort les rompra seule, et ma route est tracée.
Il faut marcher au but! De nos concerts joyeux
N'entends-tu pas au loin les sons harmonieux?
On chante mon bonheur, on me fête, on m'admire!
Je crois que j'ai pleuré? C'est l'instant de sourire!
Écoute! Ce tumulte à perdre la raison,
Peut-être, Juana, tu ne sais pas son nom?

Souriant amèrement.

C'est le plaisir! Fantôme, environné de songes,
Qui ment, et s'étourdit du bruit de ses mensonges.

JUANA.

Ma pauvre Maria!... Mais on approche? Adieu!...
Je ne te verrai plus!...

MARIA.

Reste, reste en ce lieu!..
Quelques momens encor! ta sœur te les demande.

SCENE IX.

DON JOSÈ DE CERDA, DON JUAN DE PRADO, DON BALTHAZARD DE SILVA, ALBUQUERQUE, MARIA, JUANA, FOULE DE COURTISANS ET DE SEIGNEURS.

DON JOSÈ, *au fond, à Albuquerque, en entrant.*

Qui lui résisterait alors qu'elle commande?
Elle a parlé? nos maux, nos combats sont finis.

DON BALTHAZARD, *à Albuquerque.*

Éclaircissez ce front et ces traits rembrunis.

MARIA.

Le seigneur Albuquerque, au milieu de nos fêtes,
Nous vient-il annoncer de nouvelles tempêtes?
La joie, à son aspect, a-t-elle déjà fui?
Non, sans doute! à nos jeux il se mêle aujourd'hui.
Il a daigné se rendre à mon humble prière,
Entrer dans mon palais? combien je serais fière,
Quand mes nombreux amis viennent m'y visiter,
Si j'en pouvais avoir un de plus à compter!

ALBUQUERQUE.

Vos fêtes, senora, vos plaisirs ne vont guères
A l'homme qu'ont vieilli les travaux et les guerres;
Mais vous avez daigné me convier, et moi,
Espérant qu'en ce lieu je trouverais le roi,
Je l'y venais chercher : sa puissance y réside,
Et du sort de l'état c'est chez vous qu'il décide.

MARIA.

Il y signa la paix! Je ne saurais penser
Que le bonheur du peuple ait pu vous offenser :
L'ennui pourtant se peint sur votre front sévère!..
Pardonnez si j'ai fait ce que vous vouliez faire :
Soyons amis!

ALBUQUERQUE.

Quels nœuds pourraient nous réunir

MARIA, *souriant.*

Quand j'ai donné la paix, ne puis-je l'obtenir?

ALBUQUERQUE.

J'entends! on trompe ceux qu'on nose pas com-
[battre

MARIA, *piquée.*

Est-il chêne si haut qu'on ne puisse l'abattre?

ALBUQUERQUE.

Que font au chêne altier des cris audacieux?
Il les brave en cachant sa tête dans les cieux.

MARIA.

Quand la cime est trop haute, on le frappe à
[bas

ALBUQUERQUE.

Mais quelquefois alors en tombant il écrase.

MARIA.

J'en veux tenter l'essai.

ALBUQUERQUE.

Redoutez ce désir.

MARIA.

A demain donc la guerre !... aujourd'hui le plaisir !

A sa sœur.

Viens, Juana; je veux encor qu'il se prolonge
Ce bonheur qui va fuir comme fuit un doux songe.
Suis-moi !... Vous, messeigneurs, daignez m'at-
[tendre ici :
Qu'importe qu'un moment le ciel soit obscurci ?
Un rayon de soleil dissipe les nuages ;
Que nos accens joyeux chassent les noirs présages !
Pour braver avec vous des orages lointains,
Je reviens vous donner le signal des festins.

Elle sort avec Juana par le fond.

DON JOSÈ, *la conduisant avec les autres jeunes seigneurs.*

Qu'à Dona Maria le bonheur soit fidèle !

DON JUAN.

Maudissons à jamais qui s'armerait contre elle !

ALBUQUERQUE, *à lui-même, sur le devant.*

Cris de joie et d'amour, caressez son orgueil !
Au triomphe bientôt succèdera le deuil.

S'adressant à un gentilhomme qui est dans la foule, et à demi-voix.

Perez, parmi la foule en ces lieux introduite,
Un vieillard est venu, qui s'est dit de ma suite.

PEREZ, *à demi-voix.*

Il est venu...

ALBUQUERQUE, *de même.*

Sans arme ?

PEREZ, *de même.*

Oui, monseigneur.

ALBUQUERQUE.

Allez.

Pérez retourne se mêler à la foule.

A lui-même.

Grâce à moi, Maria, tes jeux seront troublés,
Et ce vieillard vengeur, las de courber sa tête,
Convive inattendu, va paraitre à ta fête.

UN PAGE, *annonçant.*

Le roi !

SCENE X.

DON JOSÈ DE CERDA, DON JUAN DE PRADO, DON BALTHAZARD, ALBUQUERQUE, DON PÈDRE, FOULE DE SEIGNEURS ET DE COURTISANS.

DON PÈDRE, *entrant.*

Salut, messieurs !... Eh bien ! à mon aspect,
Le plaisir s'éteint-il glacé par le respect ?
Un trône a ses ennuis : qu'ici je les évite !
Pour moi, dans l'Alcazar, ils reviendront si vite !

ALBUQUERQUE.

Le roi de nos soucis devrait-il s'étonner ?

DON PÈDRE.

Il en cherche la cause.

ALBUQUERQUE.

Il peut la soupçonner.

DON PÈDRE.

Quoi donc ?

ALBUQUERQUE.

Dans son palais on a commis un crime,
Le marbre y fume encor du sang de la victime.

DON PÈDRE.

Vrai Dieu, noble Albuquerque, au sein des doux
[loisirs,
Pourquoi venir jeter du sang sur nos plaisirs ?

ALBUQUERQUE.

C'est que Gomès est mort égorgé par la haine ;
C'est qu'il était l'ami, l'écuyer de la reine ;
Que l'assassin se cache, et que, pour le punir,
A nos efforts vengeurs vous devez vous unir.

DON PÈDRE.

Albuquerque, arrêtez ! le zèle vous emporte :
Un insolent valet est mort, que nous importe ?
Pourquoi perdre le temps en des soins superflus ?
Que l'on creuse sa fosse et qu'on n'en parle plus.

ALBUQUERQUE.

A punir un forfait votre altesse balance ?

DON PÈDRE.

Je croyais vous avoir commandé le silence !
Depuis que de mon père on ferma le linceul,
J'ai long-temps attendu l'instant de régner seul !...
J'attends toujours !... mais, las des affronts qu'il
[essuie,
Ne craint-on pas qu'enfin don Pèdre ne s'ennuie ?

ALBUQUERQUE.

Notre amour se dévoue à tous vos intérêts.

DON PÈDRE.

Obéissez d'abord, vous m'aimerez après !

ALBUQUERQUE.

Mais votre mère pleure une amitié fidèle.

DON PÈDRE.

Eh bien, allez gémir et pleurer avec elle.

ALBUQUERQUE.

Ne poursuivrez-vous point de si noirs attentats ?

DON PÈDRE.

Exécutez mon ordre et n'interrogez pas !

ALBUQUERQUE, *avec intention.*

Oui, je sors !... j'aurais peur d'éclaircir ce mystère.

DON PÈDRE.

On ne court pas, du moins, de péril à se taire.
Sortez !...

Albuquerque sort en lançant un regard de menace.

SCENE XI.

LES MÊMES, *moins* ALBUQUERQUE.

DON PÈDRE, *aux courtisans.*

Vous baissez tous vos regards consternés ?...
Qu'avez-vous ?... je comprends !... vous êtes étonnés
De me voir soulever et secouer ma chaîne ?
C'est que ma délivrance est peut-être prochaine !

Long-temps l'aiglon se cache et craint l'éclat du [jour;
Le temps passe, et l'aiglon devient aigle à son tour.

DON JOSÈ.

Puisse-t-il nous offrir un abri sous ses ailes!

DON PÈDRE.

Je sais qu'en ce palais il n'est point de rebelles,
J'y compte!

SCENE XII.

DON PÈDRE, DON JUAN DE PRADO, DON RUY DE PADILLA, DON JOSÈ, DON BALTHAZARD, FOULE DE COURTISANS.

DON RUY, *à lui-même, au fond.*

Vais-je enfin parvenir jusqu'à lui?

DON JOSÈ, *aux autres courtisans.*

Ah! l'étrange vieillard qui tantôt s'est enfui!...
Que veut-il?...

DON RUY, *aux courtisans, en avançant.*

Dans ces lieux, où l'allégresse brille,
Je voudrais arriver jusqu'au roi de Castille;
De l'y trouver, messieurs, on m'a donné l'espoir:
Est-ce en vain?

DON PÈDRE.

C'est le roi que vous désirez voir?

DON RUY.

Oui! jadis j'ai connu don Alfonse, son père.

DON PÈDRE.

Et vous cherchiez le fils?... pour vous que peut-il [faire?

DON RUY.

M'entendre.

DON PÈDRE.

Eh bien! le roi, vieillard, est devant vous.

DON RUY, *avec une explosion de joie ironique.*

Ah!... voilà donc celui qui doit régner sur nous!...
Je le rencontre enfin ce prince magnanime,
Des droits de don Alfonse héritier légitime!...
Vous, qu'à l'égal de Dieu nous devons honorer,
Du bonheur de vous voir laissez-moi m'enivrer.

DON PÈDRE.

Que voulez-vous? Parlez, sans tarder davantage.

DON RUY, *avec une amère ironie.*

Que j'aime à contempler, sur son noble visage,
L'empreinte des vertus qui paraient ses aïeux!
Comme leur loyauté se peint bien dans ses yeux!
Appui des opprimés, et gloire des Castilles,
Si le crime jamais profane nos familles,
Oh! comme il punira l'infâme suborneur
Qui nous viendrait ravir le repos et l'honneur!
Pour obtenir justice il suffit qu'on se plaigne!
Puisque Dieu le fit roi, c'est la vertu qui règne!
N'est-il pas vrai?

DON PÈDRE.

Voilà bien des mots superflus!..
Achevez!... votre nom?...

DON RUY, *souriant amèrement.*

Mon nom?... je n'en ai plus.

DON PÈDRE.

Plus de nom?... quel langage!... êtes-vous en délire?

DON RUY.

Non!... mais je sais le vôtre, et je puis vous le dire.

DON PÈDRE.

Est-il un Castillan qui ne l'ait entendu?

DON RUY.

On ne vous donne pas celui qui vous est dû.

DON PÈDRE.

Ah! d'être mon parrain auriez-vous pris la tâche?

DON RUY.

Peut-être.

DON PÈDRE.

Eh bien, comment me nommez-vous?

DON RUY.

Le lâche!

DON PÈDRE.

Misérable!...

TOUS LES COURTISANS, *tirant leurs épées et s'élançant vers lui.*

Frappons!

DON RUY, *très-calme, et les arrêtant d'un geste.*

Tout beau, messieurs, tout beau!
Faut-il donc tant de mains pour creuser un tom-[beau?
Modérez vos fureurs, et calmez vos alarmes!
On m'avait fait jurer que je viendrais sans armes,
J'ai tenu mon serment, vous en êtes témoins!...
Oui, je suis désarmé, don Pèdre!... mais, du moins,
Pour venger un affront, que la mort seule efface,
J'ai ce gant que je peux te jeter à la face.

Il jette son gant à la figure de don Pèdre.

DON PÈDRE, *au dernier degré de la fureur, et tirant son épée.*

Une épée!.., une épée à cet homme!...

DON JOSÈ, DON BALTHAZARD, *et autres, le retenant.*

Non, non!
Un échafaud!...

DON JUAN ET AUTRES SEIGNEURS.

La mort!

DON PÈDRE, *l'épée à la main, et se débattant au milieu d'eux.*

Place!... en garde!...

DON JOSÈ, *l'arrêtant.*

Et son nom?

DON PÈDRE, *reculant.*

Ah!...

DON RUY.

Je le lui dirai! mais tout bas!... quand ma lame
Dans sa poitrine ouverte ira chercher son ame.

DON PÈDRE.

C'est la tienne, insolent, que je veux t'arracher!
Place!...

DON JOSÈ, *le retenant.*

Point de combat!... nous saurons l'empêcher,
Car le roi de Castille, au-dessus d'un outrage,
Doit sa vie à son peuple et non à son courage.

DON RUY, *avec un sourire amer.*

C'est juste, il règne!... et moi, qu'ai-je espéré?.. [mourir!
Mais avant, roi maudit, j'ai voulu te flétrir.
Venge-toi maintenant; et que la hache tombe,

Car, en sortant d'ici, je ne veux qu'une tombe.

DON PÈDRE.

Tu l'auras!

DON RUY.

Je suis prêt.

DON PÈDRE.

Et l'échafaud aussi.

DON RUY.

N'avais-je pas prévu qu'il en serait ainsi?

DON PÈDRE.

Ta prévoyance au moins ne sera pas trompée.

DON RUY.

Pourquoi faire le brave et tirer ton épée?
J'étais sûr de la voir rentrer dans le fourreau;
On n'en a pas besoin quand on a le bourreau.

TOUS LES COURTISANS, *se précipitant vers don Ruy.*

A la mort! à la mort!

DON PÈDRE, *qui semble avoir réfléchi.*

Arrêtez, qu'on diffère!
Il veut mourir... et moi, j'allais le satisfaire!
La mort ne suffit point pour un semblable affront:
Le bourreau va trop vite, et le glaive est trop [prompt.

DON JOSÈ.

Que dites-vous?

DON PÈDRE, *avec un sourire terrible.*

Je veux écouter la clémence.

DON JOSÈ.

Pour lui?

DON PÈDRE.

Le châtiment qu'on garde à la démence
Est le seul que je doive au vieillard insensé
Qui put croire un instant que je fus offensé.
Il vivra pour pleurer son audace exécrable.
Allez, qu'il soit battu de verges.

DON RUY.

Misérable!
Battu de verges? moi!... sache donc...

DON PÈDRE.

C'est assez!
Qu'on étouffe ses cris, qu'il parte! Obéissez!
Frappez sans merci!

On s'est jeté sur don Ruy de Padilla, on lui a fermé la bouche, et on l'entraîne, malgré sa résistance.

SCENE XIII.

DON JOSÈ DE CERDA, DON JUAN DE PRADO, DON BALTHAZARD, DON PÈDRE, FOULE DE COURTISANS, *puis* MARIA, FEMMES DE LA COUR.

DON PÈDRE.

Nous, que rien ne nous arrête;
Oublions l'insensé qui troubla cette fête;
Allons saisir la coupe, et que mes échansons
Versent partout la joie au doux bruit des chansons:
Des jeux et des festins je vois venir la reine.

A Maria, qui entre suivie de seigneurs et de femmes de la cour.

Le signal des plaisirs près de nous vous ramène;
Approchez, senora: que vois-je? quel souci
Jette un voile de deuil sur ce front obscurci?
Le chagrin peut-il naître où le bonheur s'éveille?

MARIA.

De sourds gémissemens ont frappé mon oreille;
Vers nous l'écho plaintif semble les renvoyer;
Qu'est-ce donc?

DON PÈDRE.

C'est un fou que je fais châtier.

MARIA.

Eh quoi! des châtimens, des plaintes douloureuses
Viendraient flétrir le cours de nos heures joyeuses?
Et vous l'ordonneriez? oh! non!

DON PÈDRE.

Mais savez-vous
Quel crime, quel outrage alluma mon courroux?

MARIA.

Je l'ignore, et je veux que don Pèdre l'oublie.

DON PÈDRE.

Je devais dans son sang éteindre sa folie.

MARIA.

Pardonnez-lui.

DON PÈDRE.

Jamais!

MARIA, *très-gracieusement.*

Je vous aimerai tant!
La plainte, que nos cœurs repoussent, Dieu l'en- [tend
Et de chaque pardon, qu'ici-bas on accorde,
Le prix nous est compté dans sa miséricorde!
Oh! grâce!

DON PÈDRE, *hésitant.*

Maria, qu'exigez-vous de moi?

MARIA, *vivement.*

Allez, don Balthazard, parlez au nom du roi:
Qu'on cesse de punir, il le veut, il l'ordonne.
Courez, ce n'est jamais assez tôt qu'on pardonne.

Don Balthazard sort.

SCENE XIV.

LES MÊMES, *excepté* DON BALTHAZARD.

DON PÈDRE.

Maria, qu'as-tu fait?

MARIA, *gracieuse et souriant.*

Me démentirez-vous?
Des plaisirs maintenant que l'aspect sera doux!
Vous en pourrez du moins partager le délire,
Sans qu'une voix s'élève au ciel pour les maudire.

DON PÈDRE.

Je reste contre toi sans force et sans secours.

MARIA, *souriant.*

Si vous pouviez me croire et m'écouter toujours!

SCENE XV.

MARIA, DON PÈDRE, ALBUQUERQUE, DON JOSÈ, DON JUAN, COURTISANS *et* FEMMES DE LA COUR.

DON PÈDRE.

Vous encore, Albuquerque? Ici qui vous rappelle?

ALBUQUERQUE.

Dans un prince outragé que la clémence est belle!
Je viens lui rendre hommage.

DON PÈDRE.

Il suffit!

MARIA, *à Albuquerque.*

Ah! parlez!
Le malheureux est libre?

ALBUQUERQUE.

Et vos vœux sont comblés;
Quand sa voix peut d'un roi désarmer la colère,
Quelle fille oserait laisser frapper son père?

MARIA.

Son père!

DON PÈDRE.

Que dit-il?

MARIA, *avec un mouvement d'effroi et passant entre Don Pèdre et Albuquerque.*

Mon Dieu! mon Dieu! mais
Je veux le repousser cet horrible soupçon! [non!
Il ment!

DON PÈDRE, *avec inquiétude.*

Achevez donc, Albuquerque: cet homme,
Le connaîtriez-vous?

ALBUQUERQUE.

Oui, sans doute.

DON PÈDRE.

Il se nomme?

ALBUQUERQUE.

Don Ruy de Padilla.

MARIA, *poussant un cri.*

Lui?

ALBUQUERQUE.

Muet, bâillonné,
Au seuil de ce palais, sous la verge incliné,
Peut-être il maudissait don Pèdre de Castille;
Mais sans doute à présent il va bénir sa fille.

MARIA, *avec désespoir.*

Ah! mon père! c'est lui! Dieu juste! il était là
Et tu l'as fait frapper? mon père! un Padilla!
A tes bourreaux aussi livre donc cette femme
Qui dans ton sein royal a cru trouver une ame

DON PÈDRE.

Arrêtez, Maria!

MARIA.

Loin de moi, loin de moi!
Ces fêtes, cette cour, ces parures, et toi!
Retrouver ta victime est tout ce que j'espère.

Elle jette à ses pieds une partie de ses ajustemens, dont elle se dépouille.

DON PÈDRE, *cherchant à la retenir.*

Maria!

MARIA.

Je te fuis! O mon père! mon père!

Elle écarte violemment la foule et sort en désordre.

DON PÈDRE, *accablé.*

Ciel!

ALBUQUERQUE, *à demi-voix sur le devant.*

Perez, à cheval!... de Séville demain
Que Blanche de Bourbon reprenne le chemin.

ACTE QUATRIÈME.

Salle gothique de la maison occupée par Don Luis d'Aguilar et Juana sur les bords du Guadalquivir. Porte au fond portes latérales. A gauche une table, et dessus une lampe allumée.

SCENE PREMIÈRE.

JUANA, *seule et regardant à la porte de gauche.*

Il repose! mon Dieu, permets qu'il se prolonge
Ce sommeil, qu'embellit peut-être un heureux [songe.
Hélas! à peine au jour ses yeux se rouvriront,
Que de longues douleurs, un exécrable affront,
Réveillés tout-à-coup dans son ame offensée,
Reviendront à la fois torturer sa pensée.
Mon noble père!... au moins ton corps, qu'ils ont
Sous ce modeste toit va trouver un abri, [meurtri,
Et le ciel, que nos pleurs avaient touché sans
Jeta, dans sa bonté, ta fille sur ta route! [doute,
Maria! Maria!... qu'auras-tu dit, grand Dieu!
Quand on t'aura conté que, dans ce même lieu,
Où ta voix des plaisirs aiguillonnait l'ivresse,
Sous la verge infamante on courbait sa vieillesse?
Que ton palais, ma sœur, s'enveloppe de deuil,
Car le sang de ton père en a taché le seuil!
Ah! c'est vous, cher don Luis?

SCENE II.

DON LUIS, JUANA.

DON LUIS, *entrant par le fond.*

Dans notre humble retraite,
Juana, que fait-il?... A sa douleur muette
Sa fille a-t-elle enfin arraché quelques mots?

JUANA.

Non: il semble goûter un bienfaisant repos;
L'oubli serait si doux à son ame ulcérée!...
Afin qu'il le trouvât, je me suis retirée;
De mon époux ici j'attendais le retour.

DON LUIS.

La fuite est préparée: avant la fin du jour
Nous quitterons tous trois ce solitaire asile;
Du noble Padilla le danger nous exile.

JUANA.

Croyez-vous que don Pèdre ordonne son trépas?
Il avait pardonné.

DON LUIS.

Tu ne le connais pas!

De ses ongles enfin le tigre a fait l'épreuve,
Il a flairé le sang!... Il faut qu'il s'en abreuve.
Nous avons tout à craindre! Et, quand tu m'as [appris
Ce qu'essaya ton père, et quel en fut le prix,
J'ai reconnu ce roi, dont j'avais jugé l'ame!
Il courbe un hidalgo sous un supplice infâme!
Car il n'ignore point, ce don Pèdre si fier,
Que l'orgueil saigne en nous plus long-temps que [la chair.

JUANA.

Oh! quand j'ai vu mon père, errant sur cette place,
Chassé par ses bourreaux, dont la main était lasse,
J'ai cru mourir!... Et nul ne lui portait secours!...
Mon cœur s'est ranimé... Par de secrets détours,
Protégeant, soutenant sa marche appesantie,
De Séville, avec lui, je suis enfin sortie :
Depuis ce jour affreux deux jours se sont passés;
Aucun péril nouveau ne nous a menacés.

DON LUIS.

Qu'importe? Il faut partir.

JUANA.

Où chercher un asile?

DON LUIS.

Transtamare possède encor plus d'une ville;
Nous irons le rejoindre.

JUANA.

Il a signé la paix.

DON LUIS.

Crois-tu donc leurs combats terminés pour jamais?
Non... l'ambition veille!.... Et là du moins tes [larmes
Pourront couler sans crainte à l'ombre de ses ar- [mes.
Moi, proscrit et vaincu, dans ces lieux oublié,
J'appelais le moment, si long-temps épié,
Où j'unirais encor ma vengeance à la sienne;
Ce jour a bien tardé! mais il faudra qu'il vienne!
Espérons, Juana.

JUANA.

Peux-tu former ces vœux,
Et les redemander ces combats désastreux,
Dont le seul souvenir glace et flétrit mon âme?
Tes châteaux dévastés par le fer et la flamme,
Ton sang, pour les bâtards répandu tant de fois,
Ont payé notre dette aux querelles des rois;
Laisse-les s'arracher le sol de la Castille,
Ce qu'on donne aux partis, on l'ôte à sa famille.

DON LUIS.

Écoute, Juana : le jour baisse, il est tard,
Ton père est là! Tous deux soyez prêts au départ.

JUANA.

J'y vais.

DON LUIS.

Dès que du soir se lèvera l'étoile,
Sur le Guadalquivir nous déploirons la voile;
Le vent est favorable, et la nuit suffira
Pour nous conduire au port qui nous recueillera.

Juana sort par la porte de gauche.

SCÈNE III.

DON LUIS, *puis* MARIA.

DON LUIS, *seul.*

Oui, don Pèdre en tombant expira notre injure!
S'il a juré la paix, il médite un parjure,
Et bientôt Transtamare, agitant ses drapeaux,
Rappellera ma haine à des combats nouveaux!
De ton trône souillé, don Pèdre, il faut t'abattre.
Mon épée appartient à qui veut te combattre.
Qui vient ici?

MARIA, *vêtue de noir et très-simplement.*

C'est moi, don Luis.

DON LUIS, *reculant.*

Qu'ai-je entendu?
Vous!...

MARIA.

Devant votre seuil j'ai long-temps attendu.

DON LUIS.

Pourquoi?

MARIA.

Vos serviteurs repoussaient ma prière;
Mais j'aurais vu venir la mort sur cette pierre,
Il eût fallu heurter mon corps pour la franchir,
Si ma prière enfin n'avait su les fléchir.

DON LUIS.

Quel projet en ce lieu pousse la favorite?
Ne sait-elle donc pas que la vertu l'habite?

MARIA.

Elle sait que jamais, sans qu'il fût consolé,
Du malheureux ici les larmes n'ont coulé.

DON LUIS.

On y plaint le malheur, on y maudit le crime.

MARIA.

On n'y pardonne pas?

DON LUIS.

Demande à ta victime!
Va, sur son corps sanglant, aux bourreaux échappé,
Voir s'il reste une place où leur bras n'ait frappé.

MARIA, *indignée.*

Ah! pour noble Espagnol partout on le proclame,
Il est brave!... et pourtant il outrage une femme!

DON LUIS.

Cette femme au respect, à l'estime de tous
N'a-t-elle pas perdu ses droits?

MARIA, *avec force.*

Qu'en savez-vous?
Quoi! toujours des mépris et des soupçons infâmes!

DON LUIS, *étonné.*

Comment?

MARIA.

Êtes-vous Dieu, pour lire au fond des ames?

DON LUIS.

Parlez donc! Quel secret semblez-vous nous cacher?

MARIA.

C'est mon père qu'ici ma douleur vient chercher;

Mon père m'entendra !

DON LUIS.

Que pourriez-vous lui dire ?

MARIA.

Ce n'est pas vous, don Luis, que je veux en instruire.

DON LUIS.

Mais c'est moi qui la peux chasser de ma maison
Celle qui n'a pas craint de souiller un beau nom.

MARIA.

Me chasser ? Juana !...

SCENE IV.

DON LUIS, MARIA, JUANA.

JUANA, *entrant par la porte de gauche.*

Que vois-je ? Dieu ! c'est elle !
Maria !...

MARIA.

Que l'on chasse, et dont la voix t'appelle.

JUANA.

Qui donc loin de mes bras peut te repousser ?

DON LUIS.

Moi !

JUANA.

Elle est ma sœur !

DON LUIS.

Elle est la maitresse du roi.

JUANA.

Ah ! don Luis, votre cœur serait-il implacable ?
Regardez-la !... Voyez la douleur qui l'accable !
Nous pouvions la maudire au milieu d'une cour ;
Maria repentante a droit à mon amour !
Viens, ma sœur ! viens, c'est moi qui prendrai ta [défense !
Je n'ai point oublié les jours de notre enfance ;
J'avais prévu tes pleurs, tes remords, tes regrets,
Et mon cœur me disait tout bas que tu viendrais.

MARIA.

Oh ! merci, Juana ! merci, ma sœur !

DON LUIS.

Peut-être,
On aurait dû songer qu'en ce lieu je suis maître,
Que j'y commande seul, et...

JUANA, *vivement et en passant près de lui.*

Don Luis, taisez-vous !
Sans ma sœur, aujourd'hui, je n'aurais plus d'é- [poux.

DON LUIS.

Quoi ?

JUANA.

Par elle aux bourreaux ta tête fut ravie :
La chasseras-tu celle à qui je dois ta vie ?

DON LUIS.

Ah !...

MARIA.

Don Luis, si la voix d'une ancienne amitié
Ne peut se faire entendre, écoutez la pitié !
Vous ne fermerez point votre heureuse demeure
A la douleur qui prie, au repentir qui pleure ;
Quand je viens de mon père embrasser les genoux,
Vous n'élèverez point votre haine entre nous !
Dieu voulut des mortels consoler la souffrance
Lorsqu'au rang des vertus il plaça l'espérance !
Ainsi que nos erreurs, nos pleurs nous sont comp- [tés !
Ne me repoussez pas loin d'un père !

DON LUIS.

Restez !

A Juana.

Et vous, à nos périls, à mes desseins fidèle,
Ne les oubliez pas en demeurant près d'elle.

Il sort par le fond.

SCENE V.

JUANA, MARIA.

MARIA, *vivement.*

Chère Juana, parle ! il est ici ? dis-moi
Si sa fille est maudite à jamais ?

JUANA.

Calme-toi,
Ma sœur ; depuis l'instant qui m'a rendu mon père,
D'un douloureux silence il couvre sa colère ;
Par un muet sourire il répond à ma voix,
Sur son cœur irrité si puissante autrefois ;
Dans un sombre chagrin son ame est abîmée ;
Il songe à son affront, mais ne t'a point nommée.

MARIA.

Oh ! quand je l'ai connu ce détestable affront,
Le désespoir au cœur, et la rougeur au front,
J'ai couru ! je cherchais, j'appelais la victime !
Chaque instant écoulé me pesait comme un crime !
Pourquoi ces cris vers moi sont-ils venus trop tard ?
Que n'ai-je de mon corps pu lui faire un rempart,
Et, devant les témoins de ses longues tortures,
Laver avec mes pleurs le sang de ses blessures ?
Il faut que je le voie ! Allons, conduis mes pas,
Viens, ma sœur !

JUANA.

J'y consens ! pourtant ne crains-tu pas
Que ton aspect soudain, dans son ame blessée
N'aille de ses tourmens ranimer la pensée ?
Livre à mon amitié tes vœux et ton espoir ;
Je vais le disposer, ma sœur, à te revoir ;
Et, préparant l'instant que j'appelle et redoute
Vers le cœur paternel te rouvrir une route.

MARIA.

Va donc, ma Juana, cher ange de bonté ;
Je peux espérer tout quand ton cœur m'est resté

Juana sort par la porte de gauche.

SCENE VI.

MARIA, *seule.*

C'est trop long-temps souffrir ! c'est trop long- [temps attendre
Il faut parler enfin ! mon père va m'entendre !
Exécrable serment, que j'ai trop respecté,
Qui me paira jamais ce que tu m'as coûté ?
Oh ! si je t'avais dit, noble et chère victime

Arrête-toi ! ta fille est exempte de crime;
Sa vie est sans souillure, et son cœur sans remord !
Tu n'aurais pas cherché la vengeance et la mort!
Ah ! du moins à ses yeux que la vérité brille !
Que sans rougir encore il regarde sa fille !
Seul il saura ma vie, et quel titre est le mien;
Et si c'est un parjure, eh bien, Dieu juste! eh bien!
Je me voue aux tourmens qu'inflige ta colère :
En est-il un plus grand que la haine d'un père ?

SCENE VII.

MARIA, JUANA.

JUANA.

Maria !

MARIA.

Ciel ! c'est toi, Juana? je frémis!
Parle ! parle !...

JUANA.

J'ai fait ce que j'avais promis.

MARIA.

Ainsi, mon père... ?

JUANA.

Il est instruit de ta présence.

MARIA.

Qu'a-t-il dit?

JUANA.

M'écoutant dans un profond silence,
Il n'a montré pour toi ni haine ni fureur,
Et, quand je t'ai nommée, il a souri, ma sœur.

MARIA.

Est-il vrai?...

JUANA.

Je l'entends ! tu vas le voir.

MARIA.

Je tremble!
C'est lui ! va-t'en, ma sœur, va, laisse nous en-[semble;
Dans ce jour solennel, d'espérance et d'effroi,
Dieu seul doit se placer entre mon père et moi.

Don Ruy de Padilla s'avance lentement et la tête baissée; Juana, du geste, lui indique Maria et sort par la porte de droite.

SCENE VIII.

MARIA, DON RUY DE PADILLA.

MARIA, *à elle-même.*

Mon regard, sur ce front que la douleur incline,
Croit voir étinceler la vengeance divine.

Au moment où don Ruy de Padilla s'approche, elle tombe à genoux.

DON RUY.

Eh bien, qu'est-ce? pourquoi vous tenir à genoux?
Debout donc ! et parlez !... Que me demandez vous?

MARIA.

A vos pieds, à vos pieds, mon père ! c'est ma place !
L'espérance m'y pousse, et la terreur m'y glace :
Oh ! daignez adoucir vos regards irrités !
Vous me croyez coupable? Écoutez ! écoutez !
Ne me maudissez pas avant que de m'entendre.
J'ai brisé votre cœur et si noble et si tendre;
A la honte, au mépris votre nom fut livré :
Je l'ai laissé flétrir ! car je l'avais juré !
Mais je fus imprudente, et ne suis point infâme !
Le crime n'a souillé ni mon corps, ni mon ame,
J'en atteste le ciel !... mon père, écoutez moi !...
Don Pèdre eut mon amour, et j'ai reçu sa foi !...
D'un serment téméraire innocente victime,
Moi, du roi de Castille épouse légitime,
Moi, dont la voix d'un prêtre a consacré les droits,
Moi, qui me peux asseoir au trône de vos rois,
J'ai dû subir l'opprobre, espérer et me taire;
Don Pèdre l'ordonnait ce funeste mystère!
Mais à votre douleur je n'ai pu résister,
Et le mépris d'un père est trop lourd à porter !
Vous vous taisez? sur moi votre regard se plonge?
Oh ! vous ne pouvez pas m'accuser de mensonge!
Non ! fidèle à l'honneur, fidèle à la vertu,
Je suis...

DON RUY, *qui a constamment fixé sur elle un regard morne et immobile.*

Qui te l'a dit à toi qu'ils m'ont battu?
Battu de verges! moi! ce n'est pas vrai !

MARIA, *le regardant avec surprise et terreur.*

Qu'entends-je?
Mon père!

DON RUY.

Lâche prince ! est-ce ainsi qu'on se venge?
J'ai du sang ! viens le prendre!

MARIA, *l'examinant toujours avec effroi.*

Oh!

DON RUY.

Qui retient ton bras?

MARIA.

Mon père ! c'est moi !

DON RUY.

Viens!

MARIA, *avec un cri déchirant.*

Il ne me comprend pas!

DON RUY, *souriant et prenant la droite.*

Ah ! c'est bien ! à la peur le courage succède?
Allons, juges du camp ! et Dieu nous soit en aide!

MARIA.

Malheureux !

DON RUY.

Qui m'entraîne? et qui m'a bâillonné?

MARIA.

Sa raison pour jamais l'a-t-elle abandonné?

DON RUY.

As-tu donc oublié l'histoire de Castille,
Don Pèdre? ignores-tu ce qu'était ma famille?
Écoute ! un Padilla sur les murs tolédans
Fit flotter le premier les drapeaux Castillans;
D'un Padilla jadis le dévouement sublime
Baigna de sang la croix qu'il planta dans Solime;
Avant que la Castille eût un trône et des rois,
D'innombrables vassaux se courbaient sous nos lois!
Tu veux, de six cents ans effacer la mémoire?
Tu veux, prince d'un jour, fustiger tant de gloire?

Mais, brisant leurs cercueils, les spectres des héros
Arracheraient la verge aux mains des tes bour- [reaux.

MARIA.

Oh! revenez à vous! tremblante et prosternée,
Votre fille, aux douleurs, aux larmes condamnée,
Vous appelle! Écoutez, mon père! entendez-la!
Elle n'a point souillé le nom de Padilla;
Son cœur est innocent, et sa vie est sans tache.

DON RUY.

Ah! qui que vous soyez, souffrez que je le cache
Ce nom que les bourreaux ont à jamais flétri!
Couvrez-le de haillons ce corps qu'ils ont meurtri!
Partons! moi, je n'ai plus de refuge en Castille!
Pourtant, je me rappelle, il me reste une fille!
J'avais un gendre! eh bien, il vont me secourir!
Non, non! personne! rien! si je pouvais mourir?

MARIA.

Ne fût-ce qu'un instant, que sa raison renaisse!
Qu'il me tue, ô mon Dieu, mais qu'il me recon- [naisse!...
Quoi! j'oserais trahir des sermens solennels,
Je dévoûrais mon ame aux tourmens éternels,
Et, jusqu'à mes remords, tout deviendrait stérile,
Et je ne commettrais qu'un parjure inutile?
C'est trop, mon Dieu, c'est trop! mon père, me [voici,
Maria Padilla, votre fille est ici!
Que votre cœur se rouvre à sa voix gémissante!
Vengez-vous, tuez-la, mais elle est innocente!
Ne m'entendez-vous pas?

DON RUY, *la regardant fixement*

Qu'elle est belle! sais-tu
Qu'elle était belle aussi ma fille? Ils m'ont battu!
Et de fleurs, de joyaux elle paraît sa tête...
Et les bourreaux frappaient au doux bruit d'une [fête.

MARIA, *avec désespoir.*

Que faire donc, mon Dieu? que faire?

DON RUY.

Qui l'eût dit?
Que l'ange, au front si pur, un jour serait maudit,
Et qu'il échangerait sa robe virginale
Contre un lambeau souillé de la pourpre royale?
L'ange est tombé, qu'il souffre! Écoutez, je suis [vieux,
Le spectacle du monde a fatigué mes yeux;
J'ai connu tant de maux, de désastres, de crimes!
J'ai vu tant d'oppresseurs, compté tant de victimes!
J'avais, pour consoler mes regards attristés
Le souvenir des lieux par ma fille habités:
Il me semblait la voir, je l'entendais encore!
Ainsi que l'alouette, au lever de l'aurore,
Elle chantait, à rendre un séraphin jaloux,
Les vifs et gais refrains du pêcheur andaloux:
Oh! c'est que dans sa bouche à mon ame attendrie
Ils paraissaient si doux, ces chants de la patrie!
Attendez, je voudrais les retrouver!...

Il a l'air de chercher un chant.

MARIA.

Et moi,
Si je pouvais...

Elle essaie, et s'arrête suffoquée par les larmes.

Mais non! ah!

DON RUY, *la regardant.*

Vous pleurez, pourquoi?
Moi, je ne pleure pas, mes yeux n'ont plus de larmes
De ma fille peut-être on vous a peint les charmes,
Son regard, ses traits purs, son doux sourire? eh [bien!
C'était vrai!... mais, hélas! il n'en reste plus rien!
Le crime flétrit tout!... elle fut criminelle!

MARIA.

Oh! je détromperai votre ame paternelle;
De cet affreux tourment Dieu me délivrera;
A votre cœur enfin ma voix arrivera:
Mon père!...

DON RUY, *reprenant la gauche.*

Taisez-vous! que d'attraits! quelle [grâce!
Le ramier voyageur qui bat de l'aile et passe,
L'hirondelle qui glisse à travers les roseaux,
Le cygne qui se penche en sillonnant les eaux,
Le frêle papillon, l'élégante gazelle,
Dans leur course, ou leur vol, sont moins gracieux [qu'elle!
Ne la voyez-vous pas courant parmi les fleurs?
L'éclat de son visage efface leurs couleurs:
Que je l'aime!... Mon Dieu, pardonnez ce délire,
Il ne faut plus l'aimer, car je dois la maudire!

MARIA.

Non; cet arrêt cruel, quand vous l'auriez dicté,
Par le Dieu qui nous juge il serait rejeté:
Ne le prononcez pas... Ah! c'est lui qui m'éclaire
Peut-être cet écrit...

Elle tire un écrit de son sein et le lui présente.

Lisez, lisez, mon père.
« A dona Maria Padilla, moi, le roi,
» J'atteste devant Dieu que j'ai donné ma foi,
» L'Église a consacré l'union légitime
» Que nul pouvoir humain ne peut rompre sa[ns crime!]
Voyez, il l'a signé cet acte solennel
Qu'avait tracé le prêtre en montant à l'autel;
C'est mon bien, mon trésor, mon titre à la co[uronne!]
Je viole un serment quand je vous l'abandonn[e,]
Que du moins mon parjure apaise vos douleu[rs.]

DON RUY, *détournant la tête.*

Pourquoi me rappeler sa faute et mes malheu[rs?]
Sur ce papier encor pourquoi traîner ma vu[e?]
Cette lettre fatale, un jour, je l'ai reçue,
Je m'en souviens... Un jour, on plaça sous mes ye[ux]
De ses honteux amours le récit odieux,
Je l'ai lu, je l'ai lu! ma fille est une infâme;
Au démon de l'orgueil elle a vendu son ame.
Maîtresse de don Pèdre, elle a taché mon nom

MARIA, *avec désespoir.*

Il ne comprendra pas! mais non, mon père, non
Oh! lisez!

DON RUY.

Qu'à jamais ce souvenir s'efface!
Puissé-je anéantir tout ce qui le retrace,
Et, comme cet écrit, les fouler sous mes pieds
Ces joyaux, ces trésors, que ma honte a payé[s!]

Il a pris l'écrit et il le brûle à la lampe.

MARIA, *avec un cri déchirant, et cherchant à le retenir.*

Ah! ce papier... mon père, arrêtez!

DON RUY, *la repoussant.*

Laisse! laisse!
Jusqu'au dernier débris je veux qu'il disparaisse.

MARIA, *tâchant de l'arrêter.*

C'est mon unique espoir.

DON RUY, *la retenant et foulant aux pieds le papier enflammé.*

Tais-toi! tais-toi! plus rien!
Je suis content!

MARIA, *avec désespoir.*

Mon Dieu! quel sort sera le mien,
Si, quelque jour, don Pèdre, abjurant sa tendresse,
Veut me jeter au front le nom de sa maîtresse?
Qu'opposer aux mépris, s'il manquait à sa foi?

DON RUY.

Que faites-vous ici? Que voulez-vous de moi?
Je ne vous connais pas!... Ma tête embarrassée
S'affaisse, mon front brûle, et malangue est glacée!
Laissez-moi mourir seul, et mourir en ce lieu.
Je ne la maudis pas dans mon dernier adieu.

Il tombe sur un siége, et semble perdre tout sentiment.

MARIA, *à genoux devant lui.*

Oh! vous ne mourrez point; l'éternelle justice
Ne m'infligera pas cet horrible supplice!
Grand Dieu! comme il est pâle! Au secours! au secours!

SCENE IX.

MARIA, DON RUY, JUANA.

JUANA.

Qu'ai-je entendu? quels cris!

MARIA.

Oh! viens, ma sœur, accours!

JUANA, *courant à don Ruy.*

Ah! mon père! qu'a-t-il?

MARIA.

J'ai cru qu'à son délire
Il allait succomber.

JUANA.

Non, il vit, il respire,
Son front s'est coloré, mais de son œil hagard
J'ai peine à soutenir l'immobile regard.
Qu'est-ce donc?

MARIA.

Ah! ma sœur, sa raison est perdue!
Mon père à ses genoux ne m'a pas reconnue.

JUANA.

O ciel! se pourrait-il?

MARIA.

Tu ne le savais pas?

JUANA.

Non; depuis qu'en ce lieu ma main guida ses pas,
J'ai de son désespoir compris la violence,
Et mon pieux amour respecta son silence.

MARIA.

Que faire?

JUANA.

L'entourer de nos soins assidus.

MARIA.

Mon père!

JUANA.

Entendez-nous!

MARIA.

Nos pleurs sont superflus.

Elles sont placées chacune d'un côté de don Ruy de Padilla et lui donnent des soins.

SCENE X.

DON LUIS D'AGUILAR, MARIA, DON RUY DE PADILLA, JUANA.

DON LUIS.

Du départ, Juana, voici l'heure venue,
Déjà sur nos coteaux l'ombre s'est étendue,
La barque est au rivage, et l'on n'attend que vous.

JUANA.

Mon père pourra-t-il s'éloigner avec nous?
Don Luis, il est souffrant, et sa force épuisée...

DON LUIS.

Mais pour le recevoir la barque est disposée;
Ne craignez rien: je veux profiter des instans;
Quand des hameaux voisins les joyeux habitans
Écoutent rassemblés l'importante nouvelle
Dont quelques pèlerins font le récit fidèle,
Nous pourrons échapper aux regards curieux.

JUANA.

Qu'avez-vous donc appris?

DON LUIS.

Ce qu'on dit en tous lieux:
Don Pèdre, triomphant d'un amour éphémère,
Cède aux vœux d'Albuquerque, aux larmes de sa mère.
Et Blanche de Bourbon, dans Séville, demain
Du roi, son fiancé, doit recevoir la main;
Don Pèdre se décide à la nommer sa femme.

MARIA, *s'avançant vivement vers don Luis.*

Qui dit cela, don Luis? c'est un mensonge infâme!

DON LUIS.

L'hymen dans l'Alcazar hier fut proclamé.

MARIA.

Et la foudre en tombant ne l'a pas abîmé?
Et Dieu le permettrait, cet hymen exécrable?

DON LUIS.

Sont-ce là vos remords?

MARIA.

Où donc est le coupable?
Est-ce moi qu'on accuse? est-ce moi qu'on flétrit
Savez-vous qui je suis? Cet écrit, cet écrit,
Garant de l'innocence et de la foi jurée...
Ah! rien! rien... c'est la mort! mourir déshonorée!
Sans combat, sans vengeance! Un cheval! un cheval!
Que nul témoin ne manque à cet hymen royal!
Suivez-moi tous! Mais non, seule j'y dois paraître·
Fuyez!

JUANA, *cherchant à la calmer.*

Ma sœur!

MARIA.

Un jour, on vous dira peut-être
Que, vengeant nos affronts et le sang paternel,
J'ai cloué l'infamie au front du criminel.

DON RUY, *regardant Maria d'un air effaré.*

Quelle voix!

MARIA.

Attends-moi, don Pèdre de Castille!

DON LUIS.

Que dit-elle?

MARIA, *sortant avec violence.*

A Séville! à Séville!

DON RUY, *la regardant sortir.*

Ma fille!

ACTE CINQUIÈME.

Le théâtre représente une portion de l'église de Séville; le fond, à commencer du troisième plan, est séparé du devant par une balustrade derrière laquelle règne un vaste rideau, fermé pendant le commencement de l'acte. Entrées à droite et à gauche.

SCENE PREMIERE.

DON JOSÈ DE CERDA, DON JUAN DE PRADO, DON BALTHAZARD, *en scène au lever du rideau.*

DON JUAN.

Le voilà donc venu ce grand jour où le roi
A Blanche de Bourbon doit engager sa foi!
Qui de nous aurait cru qu'il paraîtrait si vite?

DON BALTHAZARD.

Nous avons une reine, adieu la favorite!

DON JOSÈ.

Par saint Jacques, messieurs, respect à sa douleur!
Vous flattiez sa fortune, honorez son malheur.

DON BALTHAZARD.

Moi, je dis au soleil, du cœur et de la bouche,
Salut, quand il se lève, adieu, quand il se couche.

DON JOSÈ.

Et moi, quand ses rayons nous ont abandonnés,
Je me souviens encor des biens qu'il m'a donnés.

DON JUAN.

Penses-tu que le roi pleure les nœuds qu'il brise?

DON JOSÈ.

Qui sait? Dans le couvent qui touche à cette église,
Selon l'usage, hier, séparé de sa cour,
Avec son confesseur il passa tout le jour.
Nous, avant que la foule ici soit réunie,
Surveiller les apprêts de la cérémonie
Et protéger le roi, tel est notre devoir.

DON JUAN.

Albuquerque a bientôt reconquis son pouvoir.

DON JOSÈ.

Maria, par sa fuite, à ce ministre habile
De son royal amant livra l'esprit mobile;
Le dépit de don Pèdre, un outrage sanglant,
Le besoin d'affermir un trône chancelant,
Les larmes d'une mère et la peur de la France,
Tout du vieil Albuquerque a servi l'espérance,
Et, préparant l'instant qu'il a su rapprocher,
Il a traîné son maître au but qu'il va toucher.

DON BALTHAZARD.

C'est lui! silence!

SCENE II.

DON JUAN DE PRADO, DON BALTHAZARD, ALBUQUERQUE, DON JOSÈ.

ALBUQUERQUE, *entrant par la droite.*

Eh bien! messieurs, le roi s'apprête.

DON JOSÈ.

Sous les pardons du ciel il courbe encor sa tête,
Le prêtre est avec lui.

ALBUQUERQUE.

C'est bien, retirez-vous,
Je vais le voir. Messieurs, un beau jour luit pour nous:
Dieu jette sur l'Espagne un regard de clémence
Il affranchit don Pèdre, et son règne commence
Don José, vous viendrez ici nous avertir
Dès que de son palais la reine va sortir.
J'entends le roi, partez!

Ils sortent à droite.

SCENE III.

ALBUQUERQUE, DON PÈDRE.

DON PÈDRE, *à lui-même, et s'avançant à pas lents*

Il faut que je l'oublie!

De mes premiers sermens l'Église me délie :
Mon pieux confesseur me rassure, et sa voix
A promis de m'absoudre au nom du roi des rois.
Demain à son couvent que je donne des terres,
Que mon pouvoir royal fonde deux monastères,
Qu'aux Juifs, pour les doter, j'arrache leurs trésors,
Et je peux de l'autel approcher sans remords.
L'intérêt de l'État, dans le rang où nous sommes,
Nous fait d'autres devoirs qu'à la foule des hommes,
Et lorsque Dieu nous juge à l'heure du trépas,
Dans la même balance il ne nous pèse pas.

Apercevant Albuquerque.

Ah! c'est vous!

ALBUQUERQUE.

J'aime à voir, seigneur, que votre altesse
Ait enfin triomphé d'un reste de faiblesse,
Que d'un coupable amour le roi soit affranchi.

DON PÈDRE.

Sous vos vœux obstinés votre maître a fléchi;
Vous l'avez tous voulu, Blanche sera ma femme.
Comme ils ont pris plaisir à torturer mon ame!
Comme dans leurs filets ils m'ont enveloppé!

ALBUQUERQUE.

De l'orgueilleux pouvoir qu'elle avait usurpé,
Dieu dépouille à jamais la femme criminelle
Dont les piéges...

DON PÈDRE.

Tout beau! quand vous parlerez d'elle,
Albuquerque, ayez soin de ne point l'outrager;
Vous la pouvez haïr, mais non pas la juger.

ALBUQUERQUE.

En fuyant de Séville elle s'est fait justice.

DON PÈDRE.

De Blanche de Bourbon que l'hymen la punisse!
Oui, Maria, nos nœuds sont brisés sans retour,
Toi, fouler sous tes pieds mes dons et mon amour!
Me fuir pour un vieillard dont l'insolente audace
M'apporte, en ton palais, l'insulte et la menace!
Me connaissais-tu bien pour me braver ainsi?
Tu crois en ta beauté? mais Blanche est belle aussi!
Je veux l'aimer; déjà mes yeux l'ont admirée!
En quel lieu Maria s'est-elle retirée?

ALBUQUERQUE.

Près du Guadalquivir, non loin de San-Lucar,
Dans la retraite obscure où don Luis d'Aguilar,
Brave guerrier autant qu'il fut sujet rebelle,
Cachait, depuis un an, ses jours sauvés par elle.

DON PÈDRE.

Qu'elle y reste avec ceux qu'elle m'a préférés!
Mais songez-y, ses jours et ses biens sont sacrés;
Contentez mes désirs et non pas votre haine;
Que son seul châtiment soit d'avoir une reine.

ALBUQUERQUE.

J'obéirai.

DON PÈDRE.

J'y compte.

A lui-même, à demi-voix.

Et cet écrit fatal,
Revêtu de mon nom, paré du sceau royal?
Maria sur l'hostie a juré de se taire,
Elle n'osera point révéler ce mystère;
Si le courroux du roi ne la retenait pas,
La colère du ciel enchaînerait ses pas!
Elle m'a fui, je règne et mon peuple l'emporte!
Mon cœur pourtant me dit: C'est un crime! Qu'importe?
Maria l'apprendra quand il sera commis.
Qu'elle s'en plaigne alors à Dieu, qui l'a permis.

SCENE IV.

ALBUQUERQUE, DON JOSÈ, DON PÈDRE.

DON JOSÈ.

Vers ce temple, entouré du peuple qui l'assiége,
De la reine, à pas lents, s'avance le cortége;
Pour l'aller recevoir on n'attend que le roi.

DON PÈDRE, *à lui-même.*

Il le faut donc!...

A don José.

Veillez ici!

A Albuquerque.

Vous, suivez-moi!

Il sort avec Albuquerque par la gauche.

SCENE V.

DON JOSÈ, *puis* MARIA.

DON JOSÈ, *seul.*

A Blanche de Bourbon tu fus sacrifiée;
Mais du roi qui t'aima tu n'es point oubliée,
Maria; de ta fuite il gémit en secret!
Comment n'en pas gémir, et quel cœur t'oublierait?
Qu'ai-je entendu? Déjà la porte est-elle ouverte?
Pas encore!... Et pourtant dans cette nef déserte
Une femme s'avance à pas mystérieux;
Elle paraît troublée!

Maria arrive en scène par la droite.

En croirai-je mes yeux!
Se peut-il? Dans Séville aujourd'hui revenue!
Vous, dona Maria?

MARIA.

Qui donc m'a reconnue?

DON JOSÈ.

Don José!... Mais pourquoi porter ici vos pas?

MARIA.

Vous me reconnaissez, et vous ne fuyez pas?

DON JOSÈ.

Moi, senora, vous fuir! Et vous l'avez pu croire?
Dans ma noble famille on a de la mémoire;
Soit bienfait, soit injure, on se souvient.

MARIA.

Merci!

DON JOSÈ.

Quel funeste projet vous a conduite ici?

MARIA.

De Blanche de Bourbon lorsque l'hymen s'apprête,
Il faut que rien ne manque à la royale fête,
Et j'accours!... Un peu d'or a séduit vos soldats,
Ils m'ont ouvert la route. Oh! ne me chassez pas!

DON JOSÈ.

Vous, senora, subir cet horrible supplice?

MARIA.

Je veux jusqu'à la lie épuiser le calice.
Oh! comme je tremblais de l'atteindre trop tard
La ville que de loin dévorait mon regard!
Comme de mon coursier je pressais la vitesse!

Je pourrai joindre enfin ma joie à votre ivresse;
Vous me le permettrez ?... La foule va venir;
Laissez-moi m'y mêler !... Que j'entende bénir
Les nœuds qui vont bientôt enchaîner votre maître !
Sous ces obscurs habits qui peut me reconnaître?
Et qui sait à présent si je vécus?

DON JOSÈ.

Eh quoi!
De ce spectacle affreux vous voulez...

MARIA.

Laissez-moi !
L'instant vient, don Josè, le devoir vous réclame;
Aux pieds du Tout-Puissant que j'épanche mon [ame!
Hélas! j'ai tant besoin des pardons de mon Dieu!
Allez!...

DON JOSÈ.

Je veillerai sur vos périls.

MARIA, *lui tendant la main.*

Adieu!

Don Josè après avoir serré la main de Maria, sort par la gauche.

SCENE VI.

MARIA, *seule.*

Dans le temple muet je suis seule et je pleure;
De mon dernier combat j'y dois attendre l'heure;
Encor, quelques momens, des cris, des chants [joyeux
S'uniront aux accords de l'orgue harmonieux,
Et, belle d'avenir, une orgueilleuse reine
Marchera vers ce trône où le crime la traîne!
Ce trône, il est à moi! ton titre, il m'appartient!
Don Pèdre l'oublia, mais le ciel s'en souvient;
Et ma voix, ternissant l'éclat de ta victoire,
A ton parjure époux peut rendre la mémoire!...
Qu'ai-je dit? Ah! celui qui trahit ses sermens
Repoussera sa femme et lui dira : Tu mens!
Il nira tout!... Et moi je serai sans défense!
Car mon père a brisé ma dernière espérance!...
Un malheureux de moins maudira donc le sort?
De mes songes d'orgueil le réveil est la mort!
Mourir avant vingt ans!... Et mourir criminelle!...
Tu l'as voulu, mon Dieu!... Ta sagesse éternelle
Pense au dernier insecte, au brin d'herbe des [champs;
Et tu livres le faible au pouvoir des méchans!
Et l'honneur, tendre fleur qu'un léger souffle ef- [face,
Disparaît sous le pied qui le foule et qui passe!
Dieu puissant, devant toi, l'homme, œuvre de tes [mains,
Est-il moins que l'insecte et l'herbe des chemins?
Par quels cris de douleur faut-il qu'il t'avertisse?
Lève-toi donc, regarde, écoute, et fais justice!

VOIX, *en dehors.*

Vive le roi don Pèdre!

MARIA.

Ah! l'instant est venu :
Le peuple, dès long-temps aux portes retenu,
A rompu la barrière, et va remplir ce temple,
En bénissant le roi que son amour contemple.

SCENE VII.

MARIA, *à l'écart sur le devant;* FOULE DE PEUPLE, *remplissant le devant de la scène.*

VOIX, *diverses en entrant.*

Gloire! hommage et longs jours à Blanche de Bourbon!

MARIA.

Oh! mon cœur se soulève et se brise à ce nom!

PREMIER HOMME DU PEUPLE.

Oh! si la Padilla pouvait être présente!

DEUXIÈME HOMME DU PEUPLE.

Comme elle doit souffrir!

TROISIÈME HOMME DU PEUPLE.

Elle était bienfaisante,
Je la plains.

PREMIER HOMME DU PEUPLE.

Je l'accuse et je la hais.

TROISIÈME HOMME DU PEUPLE.

Pourquoi?

PREMIER HOMME DU PEUPLE.

Des piéges de Satan elle entoura le roi.

DEUXIÈME HOMME DU PEUPLE.

De sa beauté d'un jour on dit qu'elle était vaine.

PREMIER HOMME DU PEUPLE.

Sa beauté pâlirait à côté de la reine.

MARIA.

En est-ce assez?

PREMIER HOMME DU PEUPLE, *à Maria.*

Qu'as-tu, femme? Crie avec nous:
Vivent la reine Blanche et le roi son époux!

Acclamation parmi le peuple.

MARIA.

Oh! quand donc, Dieu vengeur, serai-je assez punie?

PREMIER HOMME DU PEUPLE.

Silence! tout est prêt pour la cérémonie;
Entendez-vous déjà les chants religieux?

Le peuple se groupe vers le fond.

SCENE VIII.

LES MÊMES, JUANA, DON RUY DE PADILLA, *qui reste silencieux, et jette autour de lui des regards mornes.*

MARIA, *les apercevant.*

Ciel! mon père! ma sœur!

A Juana.

Qui t'amène en ces lieux?

JUANA.

Quand tu nous as quittés, je tremblais pour ta vie;
En répétant ton nom mon père t'a suivie,
J'ai couru sur ses pas : la peur de ton danger,
L'espoir de t'en défendre, ou de le partager,
Tout rendait de don Luis la prudence inutile,
Et Dieu même semblait nous pousser vers Séville :
C'est lui qui près de toi nous a conduits enfin!
Qu'attends-tu dans ce temple, et quel est ton dessein?

Fuyons! il en est temps encor!

MARIA.

Voilà ma place!

JUANA.

Dans ce temple, ma sœur, un danger te menace;
Fuyons!

PREMIER HOMME DU PEUPLE.

Le rideau s'ouvre! Écoutez? écoutez!

MARIA, *sur le devant, saisissant la main de Juana avec un geste convulsif.*

Juana, voici l'heure!

JUANA, *prenant le bras de son père et reculant.*

Oh! je frémis!

MARIA.

Restez!

Le rideau du fond s'ouvre; on voit devant l'autel qui occupe le fond du théâtre: Blanche de Bourbon, l'Archevêque de Tolède, don Pèdre. De chaque côté sont rangés Albuquerque, Don José, Don Juan de Prado, Don Balthazard; des femmes, des seigneurs de la cour. Des hallebardiers sont près de la balustrade et contiennent le peuple, qui occupe tout le devant de la scène avec Maria, Juana et Don Ruy de Padilla.

SCENE IX.

DON PÈDRE, L'ARCHEVÊQUE DE TOLÈDE, BLANCHE DE BOURBON, ALBUQUERQUE, DON JOSÈ DE CERDA, DON JUAN DE PRADO, DON BALTHAZARD, SEIGNEURS, FEMMES, COURTISANS *dans le fond; sur le devant*, MARIA, JUANA, DON RUY DE PADILLA, PEUPLE, SOLDATS, ETC.

VOIX DU PEUPLE, *au moment où le rideau s'ouvre.*

Vive la reine Blanche!

L'ARCHEVÊQUE DE TOLÈDE.

Au nom de la croix sainte,
Au nom du Tout-Puissant qui veille en cette enceinte,
Vous jurez donc, vous, roi de Castille et Léon,
Amour et foi constante à Blanche de Bourbon?

DON PÈDRE.

Je le jure!

MARIA, *sur le devant.*

Le lâche!

L'ARCHEVÊQUE DE TOLÈDE.

Approchez! La couronne
Est sur l'autel du Dieu qui l'ôte ou qui la donne;
Aux yeux de tout ce peuple, à qui vous commandez,
Posez-la sur le front de la reine.

MARIA, *poussant un cri terrible.*

Attendez!

Elle se précite vers l'autel, en écartant violemment la foule.

Dieu, qu'on ose invoquer, maudit ces nœuds in-
[fâmes!
C'est assez d'une reine, et c'est trop de deux femmes!
A moi cette couronne!

Elle met la main sur la couronne.

VOIX NOMBREUSES.

O crime!

DON PÈDRE, *reculant.*

Juste ciel!

MARIA.

Tu ne m'attendais pas aux marches de l'autel,
Don Pèdre? M'y voici! recule donc, et tremble!
Pour la seconde fois Dieu nous y voit ensemble.

DON PÈDRE.

Maria! Maria!...

MARIA, *d'une voix tonnante.*

Silence! homme sans foi!
Toi, qui ne sus pas être amant, époux, ni roi!

DON PÈDRE.

Ah! c'en est trop!

ALBUQUERQUE.

Soldats, qu'on chasse cette fille!

Les hallebardiers font un mouvement. Don José les contient; Maria pose la couronne sur sa tête.

MARIA.

Qui de vous chassera la reine de Castille?

La reine Blanche est tombée sur un fauteuil, des femmes l'entourent.

DON RUY, *qui a semblé se réveiller aux cris de sa fille et qui regarde d'un air incertain et étonné.*

Où suis-je?

Surprise mêlée d'exclamations du peuple.

MARIA.

Écoutez tous! Dans cet auguste lieu,
En présence d'un peuple, en présence de Dieu,
Maria Padilla vient empêcher un crime!
Elle est de votre roi la femme légitime

Exclamations parmi la foule.

Il voulut m'arracher au foyer paternel;
Moi, je lui répondis en lui montrant l'autel;
Il y monta! l'Eglise a consacré la chaîne
Que ne saurait briser nulle puissance humaine!
Sous le titre odieux qu'il m'avait réservé
Si j'inclinai mon front, mon front s'est relevé;
Secouant les mépris et repoussant la honte,
De deux ans de douleurs je viens demander compte!
Le sang des Padilla vaut bien le sang d'un roi;
Arrière, arrière donc! cette place est à moi!

DON RUY DE PADILLA, *regardant et écoutant avidement.*

Quel bruit! ah! le ciel s'ouvre, il me semble!... Est-
[ce un songe?

DON PÈDRE.

Que faire?

ALBUQUERQUE.

Oses-tu bien, par ce hideux mensonge,
Femme, du Tout-Puissant et de la royauté
Outrager à la fois la double majesté?
Quelle voix à ta voix joindra son témoignage?
Qui d'un pareil hymen peut nous montrer un gage?

MARIA.

Un gage? Ah! le sais-tu, qu'il est anéanti?
Viens donc, viens devant Dieu dire que j'ai menti,
Don Pèdre! tu le peux! et c'est toi que j'appelle!

DON PÈDRE.

Non, non! c'est trop souffrir et trembler devant
[elle!
Tu dis vrai, Maria! je t'ai donné ma foi!
Mais, coupable envers Dieu, coupable envers ton
[roi,

Tu trahis le serment quet u dictas toi-même!
Tu l'as voulu porter ce fatal diadème?
Il brûlera ton front!

MARIA.

Vous l'avez entendu?
Don Pèdre est mon époux, et l'honneur m'est rendu;
Maintenant il m'accuse, et sa fureur menace!

A Don Pèdre.

Que me font tes fureurs? T'ai-je demandé grâce?
J'ai trahi mon serment, et je connais mon sort:
A qui le fit rougir don Pèdre doit la mort!
Oui, je l'ai méritée! eh bien! je me la donne!
Plaignez-moi, Castillans! et que le ciel pardonne!

Elle se frappe d'un poignard. On se presse autour d'elle; on la place sur un des fauteuils qui étaient derrière Don Pèdre et Blanche.

DON PÈDRE.

Ah! du secours!

JUANA, *donnant des secours à sa sœur.*

Ma sœur!

DON RUY DE PADILLA, *regardant immobile et cherchant à rassembler ses idées.*

Quels cris!

MARIA, *sur un siége où on l'a placée.*

Il est trop tard!...
Regarde, et dans ma main reconnais ce poignard;
Don Pèdre! à tes projets il m'a deux fois ravie!...
Tu m'as rendu l'honneur... que m'importe la vie?
Retire-toi!... va-t'en!

DON PÈDRE, *agenouillé devant elle.*

Tu vivras! tu vivras!
Rien ne peut désormais t'arracher de mes bras!
Maria! mon bonheur!... c'est toi seule que j'aime!
A toi mon cœur, ma vie, à toi mon diadème!

MARIA.

Tout est fini, don Pèdre!

A don Ruy de Padilla, qui s'est avancé vers elle, et qui la regarde d'un air incertain.

Et toi, mon père, et toi,
Dont le morne regard tombe et pèse sur moi,
Avant d'aller répondre à ce Dieu qui m'appelle,
Ne te verrai-je pas me bénir?...

DON RUY, *la reconnaissant.*

Ah!... c'est elle!...
C'est Maria!...

Il veut la prendre dans ses bras.

Du sang?... qui donc l'a répandu?
Ma fille!... Ils t'ont frappée!... ils n'ont pas entendu
L'archange qui criait d'une voix solennelle:
« Maria Padilla ne fut point criminelle! »
Ses cris consolateurs remplissaient le saint lieu:
L'archange m'a touché de ses ailes de feu:
Clémence, disait-il! et, sous la voûte immense,
Les échos bondissaient en répétant: Clémence!
Mes yeux se sont ouverts! mon cœur s'est ranimé!
Alors j'ai reconnu mon enfant bien aimé!
Le voilà!... c'est mon bien! l'orgueil de ma famille!
Oh! ne m'enlevez pas les baisers de ma fille!
J'ai si long-temps souffert!... j'ai pleuré si long-[temps!...

MARIA.

Ah! Dieu m'a regardée à mes derniers instans!
Son éternel courroux ne m'a point condamnée;
Car mon père pardonne... et je meurs couronnée!

Elle expire.

DON RUY, *l'examinant d'un œil consterné.*

Morte!... morte!...

ALBUQUERQUE.

Seigneur!...

DON PÈDRE.

Que me demandez-vous?
Je vous hais, je vous chasse, et je vous maudis [tous!..
Elle n'est plus!... c'était votre ange tutélaire!
Un seul de ses regards désarmait ma colère.
Messagère de paix, elle aurait fait bénir
Un nom que flétrira peut-être l'avenir!...
Tremblez tous maintenant!... quand Maria suc[combe
Don Pèdre le Cruel se dresse sur sa tombe.

FIN.

PARIS. — IMPRIMERIE DE Ve DONDEY-DUPRÉ,
rue Saint-Louis, 46, au Marais.

www.ingramcontent.com/pod-product-compliance
Ingram Content Group UK Ltd.
Pitfield, Milton Keynes, MK11 3LW, UK
UKHW012308240726
13966UKWH00004B/1718

Et dans cette retraite il est déjà venu?

JUANA.

Avec don Diego bien des fois.

DON LUIS, *à part.*

Ah! je tremble!

MARIA.

Notre parent l'amène, ils sont toujours ensemble.

JUANA, *à don Luis.*

Ses grâces, son esprit vous plairont comme à nous.

DON LUIS.

J'en doute, Juana.

MARIA, *vivement et avec gaîté.*

Ma sœur, il est jaloux.

JUANA.

Se peut-il?...

DON LUIS.

Moi, jaloux? non! mais, je le confesse,
L'aspect d'un étranger m'importune et me blesse;
Peut-être, loin d'un père et loin d'un fiancé,
Avec plus de prudence on se fût moins pressé.

MARIA.

Quoi! même avant l'hymen le soupçon qui s'éveille!
Que fera-t-il plus tard, s'il soupçonne la veille?

DON LUIS.

Allons, je vois qu'il faut se montrer généreux;
On pardonne aisément alors qu'on est heureux.

MARIA.

Puisqu'à nous accuser votre bonté renonce,
Écoutez, c'est le bruit du cor! il nous annonce
Qu'avec don Diego don Mendez de retour
S'arrache encor pour nous aux plaisirs de la cour.

JUANA.

La chasse les retient dans notre voisinage.

MARIA.

Don Luis daignera-t-il éclaircir son visage?

DON LUIS.

Dès que de ma demeure il a touché le seuil,
Mon hôte trouve en moi franchise et bon accueil.

MARIA, *souriant.*

Pourquoi donc nous blâmer quand nous suivons [vos traces?

JUANA, *tendant la main à don Luis.*

Noble ami, Juana vous aime et vous rend grâces.

SCENE II.

LES MÊMES, UN PAGE.

UN PAGE, *entrant.*

Don Diego suivi de don Mendez.

MARIA, *à don Luis*

Eh bien,
Don Luis, dans ce château, qui doit être le sien,
Croit-il que nous puissions les recevoir?

DON LUIS, *au page.*

Qu'ils viennent.

Le page sort.

SCENE III.

FELIPA, MARIA, DON LUIS, JUANA.

MARIA.

Sans doute ils vont bénir la faveur qu'ils obtien- [nent,
Et s'en étonneront peut-être en vous voyant.

JUANA.

Oh! Maria!

MARIA.

Pourquoi se montrer défiant?
Je me venge.

DON LUIS.

J'ai cru que la paix était faite?

MARIA, *souriant.*

J'y consens.

Sur un signe de Juana, Felipa sort à l'entrée de Diego et de don Mendez.

SCENE IV.

MARIA, DON MENDEZ, DON DIEGO, DON LUIS, JUANA.

DON DIEGO.

Oh, combien notre ame est satisfaite!
Nous voilà donc admis encore en ce séjour
Où la beauté s'exile et fuit l'éclat du jour!

JUANA.

Gardez pour l'Alcazar ce gracieux langage.

DON LUIS, *tendant la main à don Diego.*

De l'hospitalité je vous offre le gage,
Don Diego.

DON DIEGO.

Vrai Dieu! don Luis, excusez-moi!
Juana, je le sais, va vous donner sa foi,
Le jour d'hymen est proche, et, sur cette assurance,
C'est la main d'un parent que je presse d'avance.

Ils se serrent la main.

Dans les murs de Moron, à l'ombre de ses tours,
Don Ruy de Padilla s'enferme donc toujours?

DON LUIS.

Il ne sait qu'obéir lorsqu'un devoir commande.

DON MENDEZ.

A Séville pourtant si don Pèdre le mande?

DON LUIS.

Il ne s'y rendra pas : avant long-temps du moins.

DON DIEGO.

Se livrant en aveugle à de coupables soins,
Il défend du feu roi les fils illégitimes.

DON MENDEZ.

C'est aux yeux du nouveau le moindre de ses crimes.

DON LUIS.

Quel autre crime encor lui peut-il reprocher?

DON MENDEZ, *indiquant Maria et Juana.*

Regardez les trésors qu'il ose lui cacher.

JUANA.

Aux volontés d'un père, en ces lieux enchaînées,
Nous ne prétendons point à d'autres destinées;
Où de nos jours si purs retrouver la douceur?
Ce bonheur nous suffit.

MARIA, *souriant.*

Parle pour toi, ma sœur.

DON LUIS.

Qu'entends je, Maria?

MARIA.

Qu'est-il besoin de feindre?

On nous exile ici, j'obéis sans me plaindre,
Mais dire que mon cœur n'attend point d'autre sort,
Non! ce serait mentir, et mentir est un tort.

DON MENDEZ.

Oui, dona Maria, vous, si jeune et si belle,
A de brillans destins l'avenir vous appelle.

DON LUIS.

Qu'en savez-vous?

DON MENDEZ.

Le feu de cet œil noble et fier
Dont nos regards ont peine à soutenir l'éclair,
Ces traits, que tant de charme embellit et décore,
Ce sourire si doux, la voix plus douce encore
Qui dans les cœurs troublés va porter tour à tour
La joie ou les chagrins, le respect ou l'amour,
Tout me dit que le Dieu qui créa ce mélange
Des attraits de la femme et des grâces de l'ange,
Ne le destina point à périr oublié,
Comme un lis inconnu vers la terre plié,
Qui, jeté par le sort dans des plaines stériles,
Livre aux vents du désert ses parfums inutiles.

DON LUIS.

Don Mendez de Posa semble ne pas songer
Qu'il parle ici pour nous un langage étranger;
Ces doux propos vont mal dans ces vieilles mu-
[railles,
Dont l'écho n'a redit que le cri des batailles.

DON MENDEZ.

Mais est-il loin le jour où vous les quitterez?
A Séville bientôt par don Pèdre attirés,
Ajoutant à l'éclat qui déjà l'environne,
Vous lui ferez bénir sa nouvelle couronne;
Les plaisirs à sa voix voleront sur vos pas.
Qu'est-ce donc qu'une cour où la beauté n'est pas?

DON LUIS.

De longs discords peut-être attristeront son règne.

DON MENDEZ.

Don Pèdre veut qu'on l'aime et non pas qu'on le
[craigne:
De ses desseins futurs pourquoi vous défier?
Provoquer son courroux c'est le justifier.
A don Luis d'Aguilar sa faveur est promise,
Comme aux vrais Castillans dont la fierté soumise
Reconnaîtra les droits qu'il a reçus de Dieu,
Et qu'on doit respecter partout... même en ce lieu,
N'est-il pas vrai?

JUANA, *vivement.*

Don Luis est un sujet fidèle.

DON MENDEZ.

Don Pèdre eût trop gémi de le trouver rebelle.

DON LUIS.

Me soupçonnait-il?

DON MENDEZ, *souriant et passant près de don Luis.*

Non; mais il saura demain
Que Mendez de Posa vous a serré la main.

DON DIEGO.

Il faudra bien un jour que Padilla renonce
A garder un vieux fort pour les bâtards d'Alfonse,
Et, réunis alors sous une même loi,
Nous n'aurons tous qu'un vœu, qu'une cour et
[qu'un roi.

DON MENDEZ.

Oui, pour des jours sereins déjà tout se prépare;
Bientôt don Fadrique, don Tello, Transtamare
Viendront aux pieds du trône où leur frère est
[monté
Apporter le tribut de leur fidélité.
Des secrets de la cour heureux dépositaire,
Parfois de l'avenir je perce le mystère,
Et je peux dévoiler celui qui nous attend.
Par don Pèdre chargé d'un message important,
Don Alvar de Castro vient de quitter Séville;
Entre tous les partis, médiateur habile,
Des princes castillans confondant les drapeaux,
Au pays qui l'adopte il rendra le repos;
Sa prudence partout fera tomber les armes.

JUANA.

Au trépas de sa sœur que j'ai donné de larmes!
Pauvre Inès de Castro!... Son sort fut bien cruel!

MARIA.

Oh! oui!

DON LUIS.

L'amour d'un prince est quelquefois mortel.

DON MENDEZ.

Elle sera vengée; et la cour de Castille
Vient d'offrir un refuge à sa noble famille.

JUANA.

Les barbares!... Ses pleurs n'ont pu les attendrir

MARIA.

Pourquoi n'a-t-elle su que pleurer et mourir?
Elle a courbé son front sous les coups de la haine.

JUANA.

Mais toi, qu'aurais-tu fait?

MARIA.

Moi? j'aurais été reine.

DON LUIS.

Reine?...

DON MENDEZ, *repassant près de Maria.*

Et certes, jamais la cour de Portugal
N'eût vu plus noble front sous le bandeau royal.

DON LUIS, *passant entre don Diego et don Mendez*

Il est temps que j'arrache à de folles pensées,
Chimères de l'orgueil, par l'orgueil caressées,
Des cœurs peu faits encore aux frivoles discours
Que l'esprit, sans y croire, échange dans les cours
Mes hôtes voudront bien me pardonner sans doute
C'est à moi maintenant de leur montrer la route
Venez; aux vins, mûris sur nos coteaux brûlans,
La coupe hospitalière ouvre ses larges flancs;
Le jour baisse, et nous dit que bientôt viend
[l'heu
Où vous devrez quitter cette antique demeure.
Don Ruy de Padilla, qui parle par ma voix,
M'imposa ses devoirs en m'armant de ses droit
Au banquet fraternel c'est lui qui vous convie.

DON MENDEZ, *à demi-voix à Maria.*

Que les instans heureux sont courts dans cette v

DON DIEGO.

Quand notre hôte l'ordonne, il faut nous retir
Nous vous suivons... Pourtant laissez-nous espé
Que nous pourrons, avant de nous mettre en voya
Aux pieds de la beauté rapporter notre homma

DON MENDEZ, *à don Luis.*

Vous n'ajouterez point aux chagrins du dépa
Oui, nous les reverrons ces traits, ce doux reg
Dont on craint tour à tour et chérit la puissan

Et nous emporterons du bonheur pour l'absence.

Les trois hommes sortent.

SCENE V.

MARIA, JUANA.

JUANA, *à Maria, qui est rêveuse*

Maria... quel silence!... Eh bien! ma sœur, eh bien!
Tu ne m'écoutes pas?... Ne me diras-tu rien?
Je suis seule avec toi : de ta sœur bien aimée
Ne reconnais tu point la voix accoutumée?
A qui confierais-tu tes craintes, ton espoir,
Si tu me les cachais!

MARIA.

Que veux-tu donc savoir?

JUANA.

Des secrets de ton cœur tu n'as rien à m'appren-
[dre?

MARIA.

Tu les as devinés.

JUANA.

Je voudrais les entendre.

MARIA.

Pourquoi?

JUANA.

S'ils sont trop lourds, je peux les alléger;
S'ils t'offrent du bonheur, je veux le partager.

MARIA.

Et c'est ton droit, à toi, qui, depuis ma naissance,
M'as fait de l'amitié comprendre la puissance;
A toi, ma seule amie et mon seul défenseur,
Que les anges du ciel choisiraient pour leur sœur.

JUANA, *souriant.*

Il me suffit à moi d'être toujours la tienne.

MARIA.

Oh! Juana, toujours!

JUANA.

Alors, qu'il t'en souvienne,
Et fais-moi lire enfin dans ce cœur tourmenté,
Qui souffre, attend, espère, et ne m'a rien conté.

MARIA.

La route où nous marchons, hélas! n'est pas la
[même;
Comme toi, Juana, je suis aimée et j'aime;
Mais demain à l'autel tu vas donner ta foi,
Et sais-je si l'autel doit se parer pour moi?

JUANA.

Ainsi donc, près de toi c'est l'amour qui l'attire?
Il te l'a dit, ma sœur?

MARIA.

Et pourquoi me le dire?
Le cœur par un regard n'est-il pas dévoilé?
Ne savais-je pas tout avant qu'il eût parlé?

JUANA, *souriant.*

Tu te livras pourtant au plaisir de l'entendre?

MARIA.

Écoute, Juana; mais vas-tu me comprendre?
D'un rêve ambitieux connais-tu le pouvoir?
De ton bonheur à toi l'on t'a fait un devoir;
De don Luis d'Aguilar heureuse fiancée,
Ton ame hors de toi ne s'est pas élancée;
Jamais d'un avenir profond, mystérieux,
Tes regards n'ont cherché le secret dans les cieux!
Mais moi!... Sais-tu, ma sœur, que dès long-temps
[mon ame
Des orgueilleux désirs a respiré la flamme?
Sous le masque trompeur d'une feinte gaîté,
Je cache les tourmens de mon cœur agité,
Je chante... et vous riez!... Puis, quand la nuit
[se lève,
Elle apporte à ce cœur un immuable rêve;
Mon œil, dans les vapeurs de l'horizon lointain,
Cherche une pâle étoile à l'éclat incertain,
Qui scintille et qui tremble à la céleste voûte,
Comme un timide espoir brillant au sein du doute,
Et, d'une voix émue osant l'interroger,
Je lui dis : Du Très-Haut es-tu le messager?
Me viens-tu révéler, toi, que mon œil regarde,
La joie ou les douleurs que l'avenir me garde?

JUANA.

Pauvre sœur!

MARIA.

Tu me plains? mais tu ne sais pas, toi,
Si parfois le sommeil s'appesantit sur moi,
Quel songe me poursuit avant qu'à la lumière
Se rouvre lentement ma brûlante paupière?
Monte-t-il de l'enfer, ou descend-il des cieux?
Qui donc les envoya ces êtres gracieux,
Modèles de beauté, fugitives images,
Dont l'essaim me sourit au milieu des nuages,
Et qui devant mes yeux, souvent mouillés de pleurs,
Passent en me jetant des baisers et des fleurs?

JUANA.

Hélas! à quels pensers ton esprit s'abandonne!

MARIA.

Et celui dont le doigt me montre une couronne,
Et qui, toutes les nuits, me prenant par la main,
M'entraîne vers un trône... et s'arrête en chemin?
Ce n'est point un prestige, une chimère vaine,
Ma sœur! à mon côté chaque soir le ramène;
Au même but toujours il me force à marcher,
Et s'arrête toujours avant de le toucher!
Alors est-ce la voix des démons ou des anges
Qui répète mon nom et chante mes louanges?
Car c'est mon nom, c'est moi que l'on semble ado-
De cet encens lointain brûlant de m'enivrer, [rer!
Je veux courir! mes pieds s'attachent à la terre;
Le jour brille, tout fuit ma couche solitaire,
Et sur mon cœur, de crainte et d'espoir tourmenté,
Tombe de tout son poids la triste vérité!
Rappelée aux devoirs où je suis asservie,
Je crois en m'éveillant que je quitte la vie,
Je reprends et mon masque, et mon rire moqueur,
Mais l'implacable rêve est au fond de mon cœur!

JUANA.

Il l'en faut arracher!

MARIA.

Va, celui qui l'envoie
A d'étranges destins a préparé la voie;
Car tu ne sais pas tout!

JUANA.

Hélas! je les comprend
Cette fièvre du cœur, ces songes délirans!

La folle ambition dont ton ame est troublée
Par un mot imprévu souvent s'est révélée,
Et j'ai pleuré sur toi, qui ne sais pas encor
Borner des vains désirs le chimérique essor.
Souffre enfin qu'à ma voix la raison triomphante
Chasse tous ces tableaux que ton délire enfante :
Songe à l'ange déchu !... L'orgueil, qui le perdit,
Il te perdrait, ma sœur !

MARIA.

Mais je ne t'ai pas dit
Que cet être inconnu, dont la main obstinée
Soulève un coin du voile où dort ma destinée,
N'est point un vain fantôme ! Il vit, il était là,
Tel que, durant les nuits mon œil le contempla,
Alors que vers un trône il m'ouvrait un passage !
Oui, ses longs cheveux noirs sur son pâle visage
Tombaient ainsi ! Ses yeux brillaient d'un feu pa-
[reil !
Et son sourire ainsi torturait mon sommeil !

JUANA.

Que dis-tu ? don Mendez ?...

MARIA.

C'est lui, ma sœur !

JUANA.

Qu'entends-je ?

MARIA.

J'ai dans ses traits mortels retrouvé ceux de
[l'ange !
Oh ! comme, à son aspect, bondit mon faible cœur,
Le jour où près de nous Dieu l'envoya, ma sœur !
Quand j'écoutai les sons de sa voix douce et tendre,
Je ne respirai plus, afin de mieux l'entendre !
Quel secours implorer contre lui ? quel rempart
M'aurait pu dérober au feu de ce regard
Dont j'avais tant de fois éprouvé la puissance ?
Lorsqu'un soir, déplorant les chagrins de l'absence,
Il demanda mon cœur en échange du sien,
Hélas, il me sembla qu'il réclamait son bien.

JUANA.

Juste Dieu ! Maria, que dois-je croire ?

MARIA.

Arrête !
Ne frémis pas, ma sœur, et relève la tête,
Que tes yeux sans effroi s'attachent sur mes yeux !
A tes nobles leçons, au sang de ses aïeux
Maria Padilla vit et mourra fidèle,
Et le nom qu'elle porte est sans tache comme elle.

JUANA.

Oui, je te crois, je t'aime, et veux te protéger :
Écoute-moi : demain notre sort va changer.
Des baisers maternels Dieu priva notre enfance,
Nous vivions sans plaisirs et presque sans défense,
Seules dans ce château, loin d'un père ! Aujour-
[d'hui,
Dieu me donne un époux et t'envoie un appui !
Eh bien ! que don Mendez à don Luis se déclare,
Et l'autel, qui pour moi s'embellit et se pare,
Bientôt, couvert encor de pompeux ornemens,
D'une autre fiancée entendra les sermens.

MARIA.

Le crois-tu, Juana ? je ne sais, mais je tremble.

JUANA.

Il t'aime ?

MARIA.

Oh, oui, sans doute ! et pourtant il me semble
Que cet amour n'est point pareil à vos amours,
Et mes rêves sont là qui m'obsèdent toujours.

JUANA.

Encore ? allons, ma sœur, plus de folle pensée !
Don Mendez guérira ta pauvre ame blessée :
Faut-il, pour ressembler à ton fantôme vain,
Qu'il te mène à l'autel un sceptre dans la main ?
A don Pèdre appartient celui de la Castille,
Ma sœur, et tu n'es pas de royale famille.

MARIA, *vivement.*

Qu'importe ?

JUANA, *d'un ton de reproche.*

Maria !

MARIA.

Pardon, ma sœur ! pardon !

JUANA.

Je te plains et t'excuse ! Ecoute la raison ;
A de sages projets que ce jour te rappelle !
Veux-tu m'accompagner, ma sœur, dans la cha-
[pelle ?
Pour mon heureux hymen viens l'orner avec moi,
J'espère qu'avant peu je l'ornerai pour toi.

MARIA.

Oui, que ton bonheur seul occupe ma pensée !
Venez donc, orgueilleuse et belle fiancée,
De ces momens si doux surveiller les apprêts ;
Allons parer l'autel, et nous irons après
Dans la chambre où souvent ma veille solitaire
D'un travail assidu vous cacha le mystère.

JUANA.

Qu'est-ce donc ?

MARIA, *souriant.*

Oh ! je peux te le dire à présent,
Car l'instant est venu de t'offrir mon présent.

JUANA.

Un présent ?

MARIA.

Bien modeste, et cependant utile.

JUANA, *vivement.*

J'ai deviné !

MARIA.

Voyons.

JUANA.

Oui, ma sœur est habile :
Le voile dont mon front sera paré demain
D'un travail merveilleux s'enrichit sous sa main
N'est-il pas vrai ? Réponds.

MARIA, *souriant.*

J'ai tâché !

JUANA.

Quelle joie
Tu songeais à ta sœur ? Oh, viens, que je le voie
Tu trouves le secret d'embellir un beau jour,
Mais je m'acquitterai, ma sœur ! j'aurai mon tour

Elles sortent ensemble. Le rideau baisse.

ACTE DEUXIÈME.

Le théâtre représente la chambre à coucher de Maria. — Le lit occupe le fond ; à droite de l'acteur, deux portes; à gauche, une fenêtre avec balcon en dehors, et une porte. Du même côté, sur le devant, une table, ce qu'il faut pour écrire, un voile blanc brodé d'or. Sur la muraille, non loin du lit, un trophée d'armes mauresques.

SCENE PREMIERE.

Au lever du rideau, Maria et Juana sont en scène, debout près de la table, à gauche de l'acteur. Juana tient et examine le voile.

JUANA, MARIA.

JUANA, *examinant le voile.*

Que ce travail est beau! quel éclat! quelle grâce!
Comme il va me parer!... Viens donc, que je t'em-
Ma bonne sœur! [brasse,

MARIA.

Ainsi tes yeux sont satisfaits?

JUANA.

Qui paîra tant de soins?

MARIA.

Le plaisir que je fais.

JUANA.

Ma tendresse te garde une autre récompense.

MARIA.

Et mes rêves si beaux?

JUANA.

Ma sœur encore y pense?

MARIA.

Pourquoi Dieu dans mon cœur a-t-il mis cet espoir,
Ces désirs, cette soif d'honneurs et de pouvoir?
Pourquoi mes yeux, au front de cet homme que
[j'aime,
Malgré moi, cherchent-ils toujours un diadème?...
Juana, je suis folle, et tu dois me gronder!

JUANA.

Non, mais vers le bonheur je voudrais te guider,
Chasser de ton esprit le rêve qui l'obsède,
Et j'y réussirai!... l'amour me vient en aide;
Patience, ma sœur!... mes vœux te sont connus.

MARIA.

Penses-tu qu'aujourd'hui je ne le verrai plus?

JUANA.

Des projets de don Luis rien n'est venu m'instruire;
Mais espère!... pour nous des jours heureux vont
Près de mon fiancé je me rends, et je veux [luire:
Qu'à le bénir, ici, bientôt nous soyons deux;
Par moi de ton amour il saura le mystère;
Sa prudence, ses soins, son amitié de frère
Hâteront l'avenir que tu dois souhaiter:
Jusque là, promets-moi de ne plus écouter
D'un orgueil insensé l'audace aventureuse!...
Tu ne régneras pas, mais tu seras heureuse,
Cela vaut mieux, ma sœur!

Elle sort en adressant à sa sœur des gestes d'affection.

SCENE II.

MARIA, *seule.*

Elle a raison!... pourquoi
Ces folles visions?... don Mendez n'est pas roi,
Il ne saurait m'offrir l'espoir du rang suprême!...
Ne me suffit-il pas qu'il m'ait dit: Je vous aime?
Loin de moi désormais ces songes de l'orgueil
Qui nous montrent un port où l'on trouve un écueil!
L'amour de don Mendez, l'éclat qui l'environne,
Voilà mes ornemens, mon sceptre et ma couronne!
Ils charment le présent et parent l'avenir.
Oh! revenez encor peupler mon souvenir,
Promesses de bonheur, séduisantes images,
Dont son amour me berce en m'entourant d'hom-
[mages,
Lorsque sa douce voix à mon cœur enchanté
Peint l'empire absolu qu'exerce la beauté,
Et qu'il me dit: Venez, marchez en souveraine
Dans cette cour joyeuse, où la plus belle est reine!
Oui, c'est la seule gloire où je doive aspirer,
Et c'est la seule aussi que je veux désirer!
Belle pour lui!... toujours!

Elle s'approche de la table et prend le voile.

Demain, dans la chapelle
Ma sœur viendra!... bientôt moi j'y viendrai comme
Et, comme elle, à travers un voile gracieux, [elle,
Je lirai mon bonheur écrit dans tous les yeux!
Fuyez, illusions, vous qui m'auriez perdue;
A la réalité je suis enfin rendue,
Je respire!...

SCENE III.

FELIPA, *accourant de la deuxième porte à droite,* MARIA.

MARIA.

C'est toi, Felipa, que veux-tu?

FELIPA, *émue.*

Je vous trouve!...

MARIA.

Pourquoi ce regard abattu?
D'où vient cette terreur sur ton visage empreinte?

FELIPA.

La surprise en mon cœur le dispute à la crainte.

MARIA.

Qu'est-ce donc?

FELIPA.

Oh! comment prévoir un tel danger?

Que la Vierge et les saints daignent nous protéger!

MARIA.

Je ne te comprends pas! achève, je t'en prie.

FELIPA.

Je venais de quitter la vieille galerie,
J'étais seule, et j'entrais dans la cour du château;
Un homme, enveloppé dans un sombre manteau,
Assis auprès d'un autre et parlant à voix basse,
D'un air mystérieux lui montrait la terrasse :
« C'est par là, disait-il; on n'a point de soupçon,
» Tout ira bien!...» J'écoute et j'entends votre nom;
Je ne sais quel effroi me saisit, je m'arrête,
Et je retiens mon souffle en avançant la tête.
Alors, sans être vue, et sans perdre un seul mot,
J'ai surpris les détails de l'horrible complot.

MARIA.

Mais quel complot?

FELIPA.

« Au piége il faudra qu'elle tombe,
» Disaient-ils; c'en est fait, et la blanche colombe
» Dans le nid du vautour reposera demain :
» De l'heureux ravisseur c'est ici le chemin;
» Tous les gens sont à vous, l'échelle est préparée,
» Et nos mains du château lui rouvriront l'entrée
» Quand le seigneur don Luis le croira déjà loin;
» Puis de nous, pour le reste, il n'aura pas besoin,
» Car, si l'amour trouvait la vertu trop rebelle,
» Un seul nom dit tout bas adoucirait la belle. »

MARIA.

Un nom?... ah! réponds-moi; te l'ont-il révélé?
Le sais-tu, Felipa?...

FELIPA.

Sans doute, et j'ai tremblé!

MARIA.

Eh bien?

FELIPA.

Dieu de bonté! quel cœur pourrait com- [prendre
Tant de vices cachés sous un regard si tendre?
Ce jeune don Mendez, dont l'aspect me charmait,
Et que j'aimais déjà, croyant qu'il vous aimait,
Il vous environnait de piéges, de mensonges :
C'est le roi!

MARIA.

Lui?

FELIPA.

Don Pèdre!

MARIA, *à elle-même avec exaltation.*

O mes songes! mes songes!

FELIPA.

Durant votre sommeil, en ces lieux introduit,
Il pense jusqu'à vous pénétrer cette nuit,
Et c'est don Diego, votre parent, l'infâme!
Qui lui vend l'avenir et l'honneur d'une femme,
Un hidalgo!... Mais Dieu, qui veille et nous défend,
Voulut sans doute au piége arracher mon enfant;
La vieille Felipa ne verra point flétrie
Celle qu'elle éleva, que son lait a nourrie;
Je cours... De vos périls don Luis instruit par moi
Saura vous garantir et...

MARIA.

Demeure, et tais-toi!

FELIPA.

Qu'entends-je?

MARIA.

Pas un mot à don Luis!

FELIPA.

Quel langage!

MARIA.

Il n'appartient qu'à moi de venger mon outrage

FELIPA.

A vous?... O Maria, qu'avez-vous dit?...

MARIA.

Allons,
Encor quelques instans!... qu'ils vont me sembler [longs!

FELIPA.

Chère enfant!

MARIA.

Oui, je suis ta fille bien aimée!

FELIPA.

C'est ainsi qu'au berceau mon cœur vous a nommée,

MARIA.

Eh bien! j'en veux la preuve et je vais l'exiger.

FELIPA.

Parlez donc.

MARIA.

Sans retard et sans m'interroger,
Surtout sans que don Luis ou ma sœur te soup- [çonne.
Tu vas exécuter l'ordre que je te donne.

FELIPA.

Un ordre? expliquez-vous.

MARIA.

Je veux... mais non... attends!
On vient de ce côté; c'est ma sœur que j'entends.

Elle va se placer à la table, et trace quelques lignes à la hâte.

De mes desseins secrets ces lignes vont t'instruire,
Et tu m'obéiras.

FELIPA, *à elle-même.*

Mon Dieu! que vais-je lire?

MARIA, *lui remettant le papier.*

Prends; de toi désormais va dépendre mon sort
Et songes-y, tu tiens ou ma vie ou ma mort.

FELIPA.

Se peut-il, juste ciel?

MARIA.

Ta fille t'en conjure,
Felipa; jure-moi d'obéir.

FELIPA, *avec émotion et inquiétude.*

Je le jure.

MARIA.

Merci, merci...l'on vient; sois-moi fidèle; adieu;
Va, pars... Et maintenant, le reste aux mains de [Dieu!

Felipa sort par la deuxième porte de droite et emporte l'écrit.

SCÈNE IV.

MARIA, DON LUIS, JUANA.

DON LUIS, *entrant avec Juana par la porte de gauche.*

Ma chère Maria va m'accuser, sans doute?